U0013172

另一種生活

◉章緣／著

聯合文叢
624

目次

〔自序〕

幸運的短篇作者

如果是為大我，為集體，為國族意識社會責任，或為成就自己在世上的名和利而寫，我可能早就停筆了。

寫作短篇小說二十多年，我的信念很單純：用它來傳遞我對這個世界的想法和感受，以之自我整理、探索和療癒。不管有沒有人共鳴叫好，它跟我的生命交纏，所生發的滋味馥郁而微妙。如果真的要追究它對他人的價值，一花一世界，真實深刻的個人經驗結晶，往往能承載、返照世界的真相。我毫不懷疑藝術以小博大的魔力。

我寫作時態度真誠而心情輕鬆，就像跳一支舞，畫一幅畫，張口唱一首歌，雖然各有章法要求，但你才是那個主體。在約定俗成的規則裡，混入自己的奇思妙想，意念隨素材改變，素材藉想像衍生，從無到有，每一次，都像第一次。寫作路上獨行多年，有時看到創意十足、內力深厚的同行作品，不禁惺惺相惜，為之喝采叫好，慶幸自己無論成績如何，總算是從實踐中練出了眼力。好作家難得，有眼力的讀者也不多，短篇寫作和閱讀是小眾，沈從文在他那個年代就說過。既是自己所愛，又有何怨？

我沒有怨言，只有感謝。上天眷顧，像我這樣不考慮市場的小眾作者，竟然每一篇作品都能發表，定期結集成書，天地沒有越寫越窄，反而越來越寬。我說的天地，指的是題材，也是發表園地。

二〇〇四年後，因為工作，舉家遷居大陸，之後我在聯合文學陸續出版了四本短篇集，其中有多篇描摹台灣人在大陸的生活，藉著台灣人這樣一個外來者的視角，我從邊緣注視中央。這是一個特殊的視角，有其優勢，也有其限制，以為這會一直是我寫作大陸故事的視角。然而，二〇一八年付梓的這本集子出乎意料，過半數的故事直接從大陸常民的視角切入，這個視角又不等同於當地人的視角，因為有一雙經過台灣和美國文化洗禮的眼睛，在冷靜並殷切地注視。

跳出台灣人的視角，我跟其他大陸作者同場競技，如此，書寫的難度增高了。

首先，要觀察和學習當地的用語和方言，其次，小說雖是虛構，這虛構卻必須從現實的無數細節裡來，想寫到位，需要在現場長時間的蹲點駐紮，幸而我並不躁進。一旦能以小說的形式敘述新世界的人事物時，可供我汲取的創作素材更豐富了，筆墨縱橫的版圖也隨之擴展。另一方面，我開始經驗更多大陸語境下的地雷和禁忌，還有高唱入雲的主旋律。幸而林子很大，容得下我這樣自鳴自唱的自由鳥。

台北、紐約和上海，無論寫什麼地方的故事，我都希望它有地域特色卻又能打破地域藩籬。可喜的是，過去兩年所寫的短篇，在大陸多個著名文學期刊發表，並入選全國性小說選刊；也有多篇在台灣報刊雜誌上發表，其中書寫一對上海姊妹為母親養老送終的〈善後〉，描繪上海男女任意墮胎的〈殺生〉，分別入選九歌一〇五年和一〇六年小說選，對我尤具鼓勵意義。

付梓之前發現，這十篇小說竟然可以從主題上兩兩捉對，遂據此以編目。〈謝幕舞〉和〈道別〉寫對生命意義的扣問及與所愛的訣別；〈淺笑〉和〈花心〉是兩人在關係裡的誤解和不同步；〈另一種生活〉和〈跟神仙借房子〉是穿上別人的鞋會如何的試探和演練；〈殺生〉和〈失物招領〉始於大陸的一胎化政策，及於對生命的態度；〈寶貝〉和〈善後〉說的是能不能對所愛負起責任。當然，各篇作品其實有更複雜的主題變奏，如此編排如不能相互發明，至少是相映成趣。小說的意旨是它的營養，生活細節是它的滋味，前者考驗作者對人生的理解，後者檢視作者對世界的觀察。我希望這裡的每一篇作品都是營養又有味。

感謝聯合文學對我多年的支持，前任總編輯李進文讀到書稿，並不因為它沒有以台灣為主要書寫場域就有所懷疑，簽約出版的現任總編輯周昭翡是老朋友更是知音，二人都深諳文學跨疆越界的特質。最後，謹以此書獻給上海評論家劉緒源老師，感謝他多年來亦師亦友的閱讀、批評和鼓勵，願他在天之靈安息。

章緣

謝幕舞

她不是哭捨不得，當然她捨不得媽媽走，她也不是憐惜，當然媽媽一人撫養她們姊妹不容易……她哭的是自己。她想要媽媽給的，媽媽知道嗎？她還哭自己在媽媽垂死病床邊，計較著媽媽愛誰多一點，計較著過去的付出值不值得，最後她還是沒能全心全意當個好女兒。

一開始，就只有媽媽、姊姊婕兒和妹妹蒂蒂。從有記憶起，她們就睡在一個房間。

房間很大，媽媽的床邊左右能各擺一張躺椅，蒂蒂睡在裡頭靠窗的那張，蓋著一條毛毯，婕兒坐在進門處的這張，細數呼吸。氣流從鼻腔和口腔進入，往肺部而去，給肉身以氧氣，廢氣從肺經氣管逸出時，發出咕嚕嚕冒泡的聲音，那是肺部的積水。

手機顯示，凌晨兩點半，半小時後護士會進來查房，這幾天她把醫院的作息都摸熟了。

這不是一般意義上的病房，病房是讓人恢復健康的地方，這是安寧病房，讓人安寧走向死亡。注射止痛劑，吊生理食鹽水，讓人無痛走完最後一程。真的無痛嗎？躺在床上的媽媽，蠟黃著臉，一分鐘四到五次呼吸。媽媽的時間在倒數中，快要流盡的沙漏，任何時候都可能停止。她聽著這呼吸，吸進，吐出，都是那麼費力，有時一口氣呼出後，過了很久沒有動靜，她便提心吊膽，不知那會不會是最後一口氣。媽媽的最後一口氣，一旦呼出，這世界上就沒有媽媽了。

此刻，媽媽的一口氣已經很久沒有續上了，她不禁站起來，彎身看媽媽：太陽穴陷進去了，原本浮腫的雙頰塌陷，嘴巴半張。「媽媽？」她這麼一喊，媽媽又努力吸了口氣。

她從口袋裡掏出潤唇膏，塗抹媽媽焦乾脫皮的雙唇。被單下摸出媽媽的手，這隻手因為吊點滴和輸止痛劑，兩隻粗大的針頭插在靜脈裡，已經泛白腫脹，每根指頭肥得像蛆。她握住，手感微涼。病床後的日光燈日夜不滅，照得媽媽就像在解剖檯上一樣。她另一隻手像小偷般探進被單，從媽媽的前胸撫過，直到下腹，那裡頭有子宮，她和蒂蒂曾緊挨著蜷曲在裡頭，經過胯部，停在大腿。曾經豐美的肉體，現在所有的起伏和曲線都失去了。媽媽這一年來整整瘦了三十斤！她的手撫過媽媽的左半邊，沒有探到另一邊，那一邊腹部地帶墳起一個小丘，表面紫紅，裡頭全是膿腫。那是媽媽的病根。那一邊，還有媽媽的右手，燒得一手好菜做得一手精緻女紅，摸她的頭，撫著柔順的頭髮一溜往下，停在後背，一隻充滿感情溫暖愛撫她的手。那隻手，在蒂蒂那邊，她搆不著。

蒂蒂還在睡。都什麼時候了，竟然睡得著？媽媽，現在你知道，誰才是最愛你的吧？是誰總是住在你所在的城市，是誰帶你去購物、看病，是誰幫你打掃衛生和整理庭院。你早該知道的。她開始啜泣。

「怎麼了？」

蒂蒂探頭過來，手撫著媽媽的臉。「你又在哭什麼？我還以為老媽趁我睡著時走了！」

她哭得說不出話來。蒂蒂睜著一雙惺忪的眼睛，皺起眉頭，「你去睡吧，都不睡，要發神經的。」

她收淚，拿面紙擤鼻涕。

「媽媽不會願意你這樣的，你讓她安安靜靜地去吧。」

「你聽她這呼吸，一下子有，一下子沒有，我用手機上的秒錶量，有一次竟然停了五十二秒。」

「媽媽快走了？」

「你說呢？還睡？」

「醫生天天說她馬上要走，都第四天了。」蒂蒂躺回床上，「你去睡吧。」

蒂蒂知道，婕兒不會聽她的，她會繼續在那裡數著媽媽的呼吸，深怕錯過任何一口氣。然後呢？是希望媽媽一口氣接一口氣，一直躺在這裡？媽媽現在不過是一具皮囊，無可奈何在這裡展示死亡。看吧，那慘白的燈照著，可有一點尊嚴？動物都知道要躲起來死，不願讓人看到，偏人就要這麼公開地死才叫死得其所。她倒希望媽媽的最後一口氣趕快來到，結束，解脫，永遠！她的心在胸腔裡怦怦急跳，一時喘不過氣來。沒吃藥，自從陪護起，四天沒吃藥了。從四十歲起，她有個藥盒，七格，每個週日晚上，她像女巫作法般在每一個空格裡放一顆婦女綜合維他命，兩粒鈣片，一顆維護筋骨活力的維骨力，一顆保護眼睛的葉黃素，幾年前她增加了一顆激素，調理各種更年期症候群：燥熱、情緒起伏和心悸，最重要的是，據說可以延遲老化，至於服用激素易引發腫瘤之類的，她不管。活得精彩，何懼死亡？

不懼嗎？她在小說、劇場和大銀幕上看過太多死亡，輕於鴻毛或重於泰山，可是她沒有親眼目睹過一個人的死亡，看他怎麼跨過陰陽界線。現在媽媽就在那裡演獨角戲，劇目是死亡，主角沒有台詞動作，只是僵躺著，呼吸和心跳是唯一可見的生命體徵，其他觀眾自行領會。

啊，老媽，你有想過會是這樣嗎？她習慣性地在腦裡跟媽媽對話。自從讀大學起離開家，她再也沒有長住在家超過一星期。她跟媽媽的相聚，是在世界各國風景名勝。只要她攢了錢，就一定找個沒去過的好地方，約上媽媽一起。

年輕時做小劇場，又編又導又演，她在河邊租的破房子就是大家的排練所，房子裡潮氣很重，各種蟲類遊爬，牆壁長出點點綠色的黴，棉被像常年有人尿床。她坐在河邊石頭上，灰色河水打著漩渦泛著氣泡，漂載來死狗和破鞋，有一回竟然是一捧金紙緊紮的玫瑰花，如此完好讓人以為是哪個愛慕者別出心裁的告白。聞著河水的腥味，靈感源源不絕，那靈感的暖熱能量從下腹冉冉升起，催放大腦裡的奇花異草，她小心翼翼護著這能量，讓它如河水滔滔。寫劇本時，她總是禁欲。後來聽到了「母親河」這個詞，她想到那條無名的小河，水聲伴隨著每一夜的夢，還有蚊蚋蛤蟆四腳蛇、美麗的小粉蝶和藍紫色鳶尾花；她想到媽媽，因為媽媽總是興致勃勃地活著，明白生活有好有壞，一往而前不須執念。後來，她是一個旅行雜誌的特約記者，訪問寫稿兼攝影，世界各地到處跑。每到一個新鮮有趣的地方，她給在南加州的媽媽寄張明信片，簡單寫著「Wish you were here」。後來她對總在酒店醒來、跟陌生人微笑、交替發生的腹瀉和便祕失去耐性，再加上跟情人老闆分手，轉而盤旋大城市接案子打工。她如天上的鷹，飛翔不過是手段，目標是有趣的人事物。一直是帶著玩票性質，總是有家可以回去的嘛！她這麼想。

　　這幾年，她被幾個年輕朋友拉去做生活空間設計。這些三十來歲的女孩，都是獨生女，特別有強烈的夢想要創造一種能把大家拉在一起的空間，只要看到志同道合的人聚在這個空間裡，不管是咖啡館、花藝坊、獨立書店還是手工店，她們便很嗨很滿足，賺錢倒是其次了。她陪著這些小朋友一起，她總是跟年輕十來歲的人混，畫面並不違和。不可否認，她因為單身，加上自由業，從未穩定扎根在某個點，那種飛躍浮浪的氣質，還有對外表不懈怠的注意，運動保健品護膚和微整，讓她永遠顯得比實際年齡年輕。她維持青春的祕訣就是當個潛伏者，混入比她年輕一輪甚至兩輪的交遊圈裡，讓他們親熱喊她蒂蒂，並因此有機會認識一些危險又天真的男人。媽媽最愛聽她的冒險故事，因為媽媽也是個潛伏者，潛伏在家庭在母職。她先是寫信、寄明信片，然後是發電子郵件，逼著老媽學會使用電腦，後來是智能手機，發微信。她發有圖有文有真相的「美篇」，配上音樂，讓媽媽分享她高潮起伏的生活。

更年期對她是一大打擊。啊，老媽，當年你是怎麼熬過來的？它帶來身心各種折磨，還敲鑼打鼓昭告青春已逝。你是怎麼熬過來的？三十幾歲就守寡。

一種沉緩悠長的呼吸聲，從媽媽斷斷續續的呼吸聲裡浮出來。微弱的是往死裡漂去，悠緩的是生之證明。婕兒還是睡著了。

婕兒不是個潛伏者，她被生活拖著走，或是說她被這個世界哄得走上那條路，立有路標，足跡雜沓，從小就是個跟屁蟲啊她，還以為跟隨著媽媽的腳印：一個男人、一份工作和一個城市，一輩子！

夜班護士推門進來，給媽媽換嗎啡，原先給的劑量兩個小時一換，現在改成八個小時。嗎啡是嚴格管制的，給多了怕用不上浪費，看來媽媽還能再撐一段時間。會是像那種連演二十四小時的馬拉松長劇嗎？或更長？是那種會強力考驗演員體力和觀眾耐力的實驗劇嗎？

老媽，這是你要的嗎？我跟你說過很多戲，紐約的，倫敦的，愛丁堡和浙江烏鎮，你總是聽得津津有味，現在這一齣呢？悲劇收尾是免不了了，可我們都不喜歡哭哭啼啼的悲劇。

白班護士七點多進來，微笑跟不知是姊還是妹打招呼，姊妹長得很像……總之，是坐在門邊這個人，瞪著滿眼血絲。護士依例自我介紹，在牆上的小白板上寫下這一輪護士的名字。

一天有三班，婕兒早就不去記那些名字了，她越來越不耐煩這些千篇一律的笑容，千篇一律的問候。

「早安，你們都好嗎？」

好什麼？沒看到我媽就要死了？她暗暗詛咒。心裡有把火一直在燒，她克制著不表現出來。

護士瞥一眼床上的老人，對她搖搖頭：「她真不簡單！」

她點頭，笑笑。

媽媽進安寧病房的頭一晚，大家都以為馬上會走。心跳一分鐘兩次，血壓降到四十，手指和腳趾都轉為烏青了。她一直在哭。媽媽，媽媽啊！她又變回那個小女孩，六七歲，臉埋在媽媽的裙幅裡，鼻涕眼淚糊在媽媽的花裙子上。媽媽一隻手拍著她的背安撫，另一隻手總是忙著，不是正在洗菜煮飯，就是拉著蒂蒂。哦，那個蒂蒂，她是不哭的，總是闖禍，讓媽媽替她收拾善後。媽媽不得不拉緊蒂蒂，盯牢蒂蒂，不像她總是那麼乖巧，跟著媽媽身前身後轉，學媽媽做各種家務。鄰居阿姨都說：大女兒像你呀！媽媽笑，我這大的乖，文靜，那個小的也不知什麼潑猴投胎的。她滿足地偎著媽媽，媽媽環住她。

護士走了，她忘了問媽媽的心跳血壓供氧率。頭兩天她很認真記錄，但那些都不能告訴她什麼，如果有好轉，難道要快慰？快慰是荒謬的，反之亦然。不能慶祝媽媽的生，也不可能慶祝死。

蒂蒂那個沒心沒肺的，一年到頭只知道四處去野，什麼時候關心過媽媽，什麼時候盡過女兒的責任。媽媽，好像是她一個人的。這是她自小的夢想。她比蒂蒂早落地十五分鐘，兩個嬰兒說是雙胞胎，卻不是一個模子刻出來的，人家說是異卵雙胞胎。從一落地起，她們就開始爭奪媽媽有限的注意力。她病弱夜啼，哭起來像小貓，媽媽心疼她，總是抱著她。但是蒂蒂比她先翻身、先坐先爬先走，還先叫媽，媽媽總是被蒂蒂逗笑。

爸爸走後，媽媽睡大床，她們睡小床，在一個房間。也不知什麼時候開始，蒂蒂半夜會溜到大床上，跟媽媽擠著睡。這是她人生第一回感到世界有很多無法言說的不公平，因為媽媽並沒有把蒂蒂趕下床。她想著是不是也溜到媽媽床上睡，但她沒有。她一直等著媽媽喊她上床，但媽媽沒有。她想阻止蒂蒂偷上床，但她總是等不到那一刻就睡著了。她問蒂蒂，半夜怎麼會起來跑到媽媽床上去的？蒂蒂回答不知道。是夢遊啊？於是她原諒了偷上床的妹妹、沒有堅持原則的媽媽。

回憶起這件往事，她不禁又哭了起來，為了總是渴求媽媽愛的那個小女孩，半夜裡拚命撐著不敢睡去的小女孩，那個被靈巧的妹妹搶走媽媽的小女孩……過去那麼多年陪伴和照顧媽媽，她一直壓抑著心裡的怨恨。妹妹可以海角天涯吃喝玩樂，她做這麼多，也沒有讓媽媽更愛她一點，或者，讓她自己更滿意，生活總是細瑣渾噩一團糟。現在媽媽要死了，一切的付出走到盡頭，不再需要付出，媽媽對她，她對媽媽，也就終止在這裡了。醫生說聽力是最後消失的官能，媽媽聽著她哭，知道她在哭什麼嗎？

她不是哭捨不得，當然她捨不得媽媽走，她也不是憐惜，當然媽媽一人撫養她們姊妹不容易……她哭的是自己。她想要媽媽給的，媽媽知道嗎？她還哭自己在媽媽垂死病床邊，計較著媽媽愛誰多一點，計較著過去的付出值不值得，最後她還是沒能全心全意當個好女兒。

她伏在被單上哭，先是心酸引動了淚水，淚水又牽動更強烈的情緒，哭成一個媽媽懷裡的小寶貝。她看到寶貝女兒喬安，蜷曲在她懷裡抽咽，那是十歲那年，最愛的芭比娃娃掉在了車上，她看到自己蹲在地上流淚，心疼媽媽給她縫的粉紅紗裙勾破了不再完美……遺落，毀壞，無法追回。什麼言語都不如淚水，從內裡來，滌清一切。言語哪說得明白，心裡這些亂紛紛的感覺？

門被推開，古德醫生走進來。微卷的金褐色頭髮，海水藍的眼睛，戴副金邊眼鏡，寬大白袍下的身材，讓人願意想像是俊偉的。「啊，希望我沒有打擾到你們。」

吃過麥片早餐，正縮在椅上看手機的蒂蒂，俐落地趨前握手招呼。婕兒冷眼旁觀，在外人面前，妹妹總是那麼得體，只有自家人才知道，她是個瘋子。

古德醫師不急著查看病人。這裡其實沒有病人，只有一個將死的人往死亡的路一步步拖著腳走，還有兩個活人，在這裡見證死亡。他的工作與其說是來看護病人，哦，不，他要怎麼看護一個大家都認為並接受瀕死的人？不需搶救和施藥，只要讓病人走得安詳。這也是為了活著的人，因為沒有人願意看到親人受痛呻吟。在高劑嗎啡幫助下，這個病房裡很安靜，死亡只是早晚的問題。但這個病人撐得真久啊，原以為二十四小時，最多四十八小時就結束了。幾年前有個印度老太太也是，還有那個日裔還是韓裔的女人，她們都一樣瘦弱，卻比男人還強韌。在昨天的醫務會議上，護士珍妮稱這個老太太是「奇蹟」。奇蹟嗎？他會慎用這個字。因為奇蹟常是導向美好願景的達成。總之，他很了解自己的工作不只是例行的查看，查看病人離死亡的距離，而是病人身邊這些陪護的人，他們是否滿意這樣一種即使在美國都有待普及的安寧送終？

古德醫師態度恭謹地檢查病人的瞳孔，查看心率血壓，在病人身上推壓，檢查四肢顏色變化，掀開被褥時，露出了那不再私密不再神祕不再有任何意義的部位。

蒂蒂一直跟著醫生查看。媽媽的呼吸頻率增加了，手腳的烏青也退了，恢復紅潤溫暖，她像醫生那樣把媽媽的腳掌放在手心，比她的腳還暖。這是怎麼一回事？媽媽要活過來了嗎？

「我媽媽，看起來似乎在好轉？」她自己也覺得這個問題很奇怪。

「不過是遲早的問題。老太太的身體底子好，所以拖的時間長一點，你看她好像好轉了，其實，還是時間的問題……」醫生抱歉地搖頭，脫掉一次性乳膠手套，用肥皂和熱水仔細洗手。

「這是第五天，我必須再次強調，你們的媽媽隨時會走，尤其她現在出現肺炎的現象。你們今晚還留在這裡嗎？」古德醫生講話時只看著蒂蒂。

「我們都在。」

「也要出去走動走動，回家洗個澡什麼的，照顧好自己。」古德醫師的聲音很溫柔。

蒂蒂嘴角泛出一絲領情的笑容，旋即斂去。美國人不作興哭哭啼啼，把悲傷展演給大家看，顯得自己多孝順，相反，他們在這種場合常是冷靜的，悲傷只能關起門來自己消化。深知文化的不同，蒂蒂卻也覺得此時不宜露出笑容。她送到門口，伸出雙手有如好萊塢老電影裡的淑女，古德醫師立刻雙手握住。「如果明天我們沒有再見，古德醫生，我想說的是，我衷心感謝。」

古德醫師領首，出去了。

畢竟是做劇場出身，畢竟是一輩子單身，蒂蒂無時不在自我觀看，她覺得自己方才的姿態格外優雅，如果說楚楚動人也不誇張，因為她紅腫著眼皮，散挽長髮，悲淒的神色裡有著堅強。

「你有沒有看出來，那個古德醫師對我有興趣？」

婕兒瞪了她一眼。

「啊，別給我那表情。怎麼了？不該在媽媽面前說？」蒂蒂走到病床邊，撫著媽媽的面頰。「老媽可愛聽我說這些了，古德醫生是她喜歡的那一型，她現在說不定還聽得到我們說話。」

「你以為別人都跟你一樣是花癡？」

蒂蒂對姊姊的喝斥恍若未聞，她逕自走到媽媽身旁，彎身說：「老媽，這個醫生好帥啊，有點像托馬士，你睜開眼睛吧，年輕的托馬士來看你了。」

「你說什麼瘋話？」

蒂蒂坐回自己的躺椅，跟婕兒隔著媽媽相望。

「你真是很無趣。」蒂蒂歎氣。

「只有沒心沒肺的人，這時候才會想要有趣。」婕兒反譏。

「都是因為你，媽媽不得不過著無趣的生活。支氣管炎，她不得不陪你留在一個氣候溫和空氣好的地方，一輩子，我的天！」

「你胡說，如果不是我，她的晚年就是孤單一人了，當她需要幫忙時，你在哪裡？在哪個有趣的地方？」

「哦，我是在很多有趣的地方，我在享受人生，不像你……」蒂蒂霍地站起來，「不說了，喝咖啡去！」

蒂蒂去休息室了。走吧走吧，最好這時候媽媽就離開，讓你悔恨一輩子！婕兒靠近媽媽，看到媽媽的左眼滲出淚花。她心裡一驚，連忙蹲下來，「媽媽，媽媽，對不起，我們不該吵架的……」趕緊拿面紙把媽媽的淚水拭乾，「媽媽，你可以聽到我跟你說話嗎？我是婕兒啊！」

媽媽的面容肅然，透明的氧氣管從鼻下經過，頭往右邊側轉，沒法看到全臉。她小心翼翼搬動媽媽的頭，讓她朝自己的方向轉，但這麼一調動，媽媽的呼吸聲突然變響了，嘶嘶像冬夜窗縫鑽進來的風，她嚇得手一鬆，媽媽的頭又回到原來的角度。

突來的委屈攫住她，「媽媽，你就是偏心蒂蒂，你到現在還偏心她。我有什麼地方沒做好，做得不夠好？你拖了這麼多天，有什麼心願未了，你告訴我，不要讓我覺得對不起你！」

媽媽的神色漠然，婕兒的淚水不停滾落，而她並沒有感到悲傷。這幾天她哭得那麼多，有時候是憐惜，有時候是愧疚，有時候是自怨自艾，但此刻，眼淚只是不停湧出。難道，媽媽要走了？她大驚，連忙抓住媽媽的手。「媽媽，你可別走，蒂蒂還沒回來呀！」

中午，婕兒不願離開病房，不願給蒂蒂有機會成為獨自送終的女兒，蒂蒂只好從地下室餐廳給她帶了份三明治。

「媽媽還在？」蒂蒂不用看媽媽也知道，那嘶嘶的呼吸聲是這房間的背景音樂。

「你說，媽媽是不是有什麼心願未了，譬如說，想見什麼人……」

「有可能，你記得艾利克的爸爸，不是等到他從香港趕過來，叫了一聲爸爸，才嚥氣的嗎？」

可是還有誰讓媽媽如此牽掛呢？親人都隔著大海，久不來往；退休多年，再加上老病，朋友同事早都疏遠了。

「也許，媽媽想看你跳舞？」蒂蒂眼睛一亮。

「胡扯！」

婕兒因為身子骨弱，從小學芭蕾，蒂蒂不喜歡嚴格鍛鍊，但是擺手扭腰不學自會，舞蹈是這對姊妹唯一同步的喜好，即使是互相嘲笑。不管是哪種舞蹈，她們的身體天生就協調，對節奏敏感，這都是拜媽媽之賜。媽媽也愛跳舞，老照片裡繫著寬髮帶、穿著大蓬裙去參加舞會，吉魯巴和扭扭舞。一直到媽媽生病前，遇到開心得意的事時，還會即興跳幾步扭一扭，完全不似老太太。每當這時候，她會皺眉頭，妹妹會拍手叫好。長大以後，她就不再跳舞了，她不過是個平庸的舞者，為了蓬蓬裙和白天鵝辛苦地踮著腳尖。她沒有成為好舞者的那種動力。妹妹跳舞很輕鬆，完全是享樂，她敢打賭，到現在妹妹還在跳，上舞蹈課啦約會跳舞啦，各種有趣。於是，在這件唯一同步的事情上，她們又走上歧途。

「我說真的。」蒂蒂說，「我覺得我們就是該在媽媽面前唱歌跳舞，說說開心的事。你不是說她能聽到嗎？」

「你瘋了！」

蒂蒂走到媽媽身邊，清清嗓子，「老媽，你想聽什麼歌，中文英文，我唱給你聽……」

婕兒無法忍受，丟下三明治出去了。

蒂蒂清著喉嚨，半天，卻沒能唱出一句。她不知道自己該唱什麼。所有的歌曲都離她而去，那些樂句，那些歌詞，歡快或哀傷，思念或愛慕，都離她而去。她握住媽媽的手，還是溫暖的。老媽，你為什麼還不走？

當她在休息室煮咖啡時，古德醫師突然出現在身後。他們相視一笑。離開病房，讓彼此的關係輕鬆許多。沒有了垂死媽媽的監看，或者，正因為媽媽，蒂蒂更覺得有需要跟古德醫師多一點交流。

「你讓我聯想到一個人。」

「哦，我希望是個好人。」

「是我媽曾經的愛人，托馬士。」

她的直率回答，顯然讓古德醫師覺得驚訝，「我以為是你的……」

「哦，不，是我媽。在紐約，托馬士是個攝影師，我媽一見他就為他傾倒，他年輕時一定跟你一樣帥。」

現磨的咖啡煮好了，正一滴滴流到杯裡，蒂蒂深吸了一口那香味，覺得自己回到了紐約，在紐約為媽媽慶祝五十大壽。她們搭船遊哈德遜河看夜景，時代廣場看百老匯秀，在格林威治村試不可能會買的怪衣服，還有風趣帥氣的托馬士作伴。托馬士幫她們拍了許多照片，在輝煌的布魯克林音樂廳裡，緊鄰著荒僻之地的塗鴉牆邊，還有布魯克林吊索大橋步道上，她們勾著手，媽媽石榴紅的頭巾翻飛，手指夾著剛點著的菸，背景遠處是自由女神。她以為自己勝券在握，誰知道後來托馬士通信的對象是媽媽。

「我就知道你媽媽不尋常。」古德醫師的咖啡也煮好了，他給了她一個意味深長的微笑，沒有說再見就走了，而她還沉浸在回憶裡。

當時的媽媽正是她現在的年齡啊！之後幾年，她跟媽媽在世界各地的約會裡，常有托馬士作伴，為她們留下許多美麗的倩影。她總覺得三人行中，托馬士才是那個電燈泡。然後，托馬士不再出現了，媽媽也絕口不提。她看不出媽媽有什麼傷心失望，這樣的媽媽簡直太酷了。她跟媽媽在各地旅行時，晚上常要去當地酒吧喝一杯，酒精助興，兩個人抱著在舞池裡歡舞，旁若無人。啊，婕兒那個笨蛋，從來沒有真正了解過媽媽！

床上的媽媽看起來很陌生。一動不動躺了這麼多天，不累嗎？她記得自己問護士，媽媽會不會得褥瘡，護士揮揮手，表示這問題不值得擔心。不值得擔心，因為媽媽就要死了。但是她擔心，她擔心媽媽越來越慘不忍睹。媽媽是多麼愛美啊！

「為什麼要我看著你死？你這樣不會太殘忍？」

每次相聚，都是遊山玩水，媽媽永遠是精力旺盛，不輸年輕人。媽媽的心跟她共振，媽媽沒有比她老，她沒有比媽媽年輕。她不要，她不要看到媽媽現在這樣！

那年春天在京都，她們宿在本能寺邊的旅館，緊鄰熱鬧的市場。她跟媽媽白天去哲學之道和銀閣寺，看滿樹的櫻花盛開似雪，傍晚從市場買來烤熱的海苔飯糰和清酒，晚上一起去旅館的湯屋。她高挽頭髮，好整以暇坐在矮凳上把皮膚刷洗得白裡透紅，用臉盆接水澆身，然後婀娜走向溫泉池。已經在水裡的媽媽，看著她一寸寸沒進水中說：你很美。

這是女人對女人的讚美。看著媽媽的眼睛，她知道媽媽想要她這樣飽滿如水蜜桃的肉體。那時，媽媽已經六十幾歲了。

「你很美。」她對病床上枯槁的女人說，「你最美。」

蒂蒂把靠牆的一張椅子拉到床邊，一隻手在被單下握住媽媽的手，那隻手的觸感沒有變，就是媽媽的手，小時候她都是拉著這隻手入睡的。她沒有一刻懷疑過媽媽對她的愛，沒有懷疑過媽媽希望她過不同的生活。她們都是潛伏者。但是，這個人要走了，世上再沒有人能那麼了解她、愛她。她沒有家了。

她另一隻手拿起一本書。這是婕兒帶來的。婕兒帶來一個大包，裡頭有書、小靠枕、堅果和巧克力、盥洗用具，還有幾包碗麵。她什麼都沒準備。聽到媽媽病危的消息時，她人在上海，就這麼趕來了，腦裡一片空白。就這麼上了台，沒有劇本。現在她明白，這齣不知何時完結的戲裡，媽媽是觀眾，她們姊妹倆才是主角。

她握著媽媽的手，眼睛盯著書頁，努力讀下一行字，一段話，一頁，文字從書頁上紛紛立起，上下跳動左右穿梭，魑魅魍魎，它們在趕路……濃霧中，她開車，媽媽在側，她們在一條環山公路上，趕在天黑前要入住山頂的度假山莊。她打開強光霧燈，還是只能照到車前一米範圍，之外便是巨大的森森黑影，前後都沒有車，沒有人，只有她跟媽媽，媽媽……突然手被捏了一下，她睜開眼睛。

媽媽還是躺在那裡，一動不動。

她拚命嚥著口水，強忍不哭出聲。她不願媽媽聽到。可是媽媽一定能感覺到她心裡的悲傷，像濃霧般的悲傷。她向前，蹲下身，伏在媽媽身邊。

門開了，很輕的腳步聲，悄悄來到她身後。她知道不是一進來就會打招呼的護士，不是婕兒，婕兒固執地守在門口，在媽媽的左側，從不到她這一邊來。是誰？一隻柔軟的手搭在了她肩頭。她不願抬頭。如果是夢，她不願醒。

「蒂蒂？」

她抬頭，愣了幾秒鐘，「哦，喬安。」

「蒂蒂阿姨，你還好嗎？我媽呢？」

「你媽，嗯，你媽出去好久了。」

「我給你們帶了換洗衣服，還有餅乾和面紙。」

喬安像婕兒那樣細心，很會照顧人。她看著喬安，長得也像婕兒，尤其那雙清亮的丹鳳眼，跟……媽媽的一模一樣。媽媽這雙眼睛傳給了婕兒，又傳給喬安。而媽媽給她的呢？媽媽給她的這副狡黠貪玩的脾性，這樣的細腰和長腿，永保青春的心態，到她就終結了。這才是完完全全的終結！

蒂蒂驚天動地的嚎哭，驚動了整層樓的護士和護工。幾天下來，大家都熟悉了這對姊妹，一個總是悲悲戚戚，一個談笑自若，現在她們在門口探看，以為趴在那裡哭號的是另一個。但那個總是哭泣的此刻才趕來，嘴裡慌亂喊著：走了嗎？她走了嗎？沒有人回答，只有摧心裂肝的哭泣，無所遮掩毫不害羞的哭泣，那只能是孩子在哭母親。

夕陽的金色餘暉從百葉窗縫透進來，給這病房打了一點金光，婕兒第一次走到了那扇窗前，拉開百葉窗。窗外是個停車場，四周建築物屋頂煙囪在吐著白煙。這個時候，大半的車子開走了，她知道自己的那輛藍色豐田還停在某個角落，還未獲准離去，還沒有。

夜班護士來給媽媽防止肌肉癲癇的藥，重注了嗎啡，離開前把病床頂上那管刺眼的日光燈關了，只留門口洗手檯的小黃燈，「你們好好休息吧。」護士掩上了門。聽說這對姊妹就要精神崩潰了。

這光線柔和多了，蒂蒂躺平，毛毯拉到下巴，卻沒有如前幾夜那樣睡著。

「喂，你下午跑去哪裡了？」

「我在休息室，坐在那裡竟然睡著了，一直到……」

「一直到我也發神經了！」蒂蒂自嘲，「都怪老媽。你說她怎麼還不願意走？」

「捨不得我們吧。」

「這樣拖下去，我也差不多了。真的。」

房間裡只有媽媽，姊姊婕兒和妹妹蒂蒂，柔和的光線裡，她們感到一種久違的親密。這個空間也可以不在病房，這個空間可以是她們小時候的家。媽媽睡著了，她們醒著。

「蒂蒂，你記得十八歲那時，媽媽給我們辦的舞會？」

「怎麼不記得。她給我們親手縫了舞裙，你的是白紗裙，我的是紅色的小洋裝。」

「我的是粉紅色的。」婕兒說，「那時候我最愛粉紅色。」

「我們應該是朋友裡面第一個，也是唯一，在家裡辦舞會的吧？」

「是啊，虧媽媽想得出來。」

雖然來的大多是她們的朋友，可是媽媽喜歡一種劇場的儀式感，所以讓她們先躲在一道臨時搭起來的布幕後。「親愛的朋友們，現在讓我們歡迎最美麗的姊妹花：婕兒和蒂蒂！」她們兩個從布幕後面鑽出來，婕兒滿面紅雲，蒂蒂做著鬼臉，然後她們拉起手來隨著迪斯可的音樂扭動，舞會開始了！

婕兒想起那時自己幫媽媽烤了很多巧克力小餅乾，粉末調好一杯杯蔓越莓果凍在冰箱裡凍著，把玻璃瓶裡插好的黃玫瑰和藍色勿忘我放在進門處的小桌上，小桌上方懸掛的鏡子裡，映出她紅撲撲的臉。

蒂蒂想起她那一身紅洋裝旋出裙花，吸引著強尼的眼睛。她幫忙調雞尾酒，沒有人知道十八歲是不是可以喝雞尾酒，但媽媽雙手一攤：沒有酒就沒有派對啊，女孩們！酒喝得有點多，她跟強尼竟然當眾接起吻來。

舞會結束前，媽媽又出了個主意，讓她們各自表演一段舞蹈。蒂蒂搶先下場了，她活力四射在場裡隨興搖擺，逗得大家哈哈大笑。輪到婕兒時，人不見了，到處都找不到。事後問起，她說在洗手間。洗手間我找過了呀！蒂蒂戳穿她。

「老媽後來總說，我親愛的婕兒，你那支舞呢？」

婕兒不作聲。她想到當時自己慌張躲進車庫，層層纍纍漂亮的紗裙勾在了竹掃把上。很多時候她不願在現場，不願是主角。今天下午，她覺得所有力氣都散盡了，再也無法面對病床上的媽媽。這功課實在是太難了！她躲到休息室，斜靠在沙發上，感到十分憤怒。是的，憤怒，這幾天來，悲傷和憤怒交錯充塞她的胸臆。為什麼蒂蒂要那樣玩世不恭，為什麼在這麼沉重的現實面前開玩笑？晚上睡得打呼，白天跟醫生調情，還想唱歌跳舞？但她的憤怒不在蒂蒂，蒂蒂就是個沒正經的瘋子，她氣的是媽媽。媽媽也可以這樣。媽媽一直是獨居的，她每個星期去探望，有一天撞見媽媽披著晨褸在暖房裡，手裡夾著一根菸。媽！你都幾歲了，還生著病，怎麼開始抽菸呢？她像面對青少年叛逆期的喬安般氣急敗壞。媽媽把菸灰抖到一個墨西哥藍天驕陽的咖啡碟，咧嘴一笑：我現在不抽什麼時候抽呢？看看她的臉色，又說，我只是沒有在你面前抽，你不是氣管不好嗎？媽媽那時已經非常消瘦了，葡萄紫的晨褸掛在身上，手揪著垂塌的領口，好像隨時要嘔吐。她拿這樣的媽媽沒辦法呀！每當這個時候，她別過頭去不看不聽。這就是為什麼她根本沒告訴蒂蒂，媽媽的衣物裡有那麼一箱，裡頭是詩集和一紮情書。

她抱住自己發脹的頭，揉著太陽穴，就像媽媽以前會為她做的，就像她現在常為喬安做的，揉著揉著睡著了……這個睡眠是那麼安寧，沒有一絲雜質，就像回到了媽媽的子宮，以致於醒來後，她感到一種久違的寧靜，彷如時間被重置，一切重新來過。這個房間靠牆擺了個小書架，有圖畫書、心理學、室內設計、有機飲食，也有羅曼史小說，書架最上層立了一個拼圖一塊塊拼出的地球，還有一隻棕眼睛的玩具小熊。各種各樣的人來過這個休息室吧，當他們的親人垂死時，他們在這裡發呆，找一本書轉移注意力，或是偷偷哭泣，不管他們做什麼，那一刻終會到來，親人的，自己的，無所逃的死亡。冬天的太陽四點多就露出疲態，從大窗斜斜照進，落在沙發前的地毯，光亮裡有塵埃飛揚。她把腳往前探，進入那圈光亮。她心裡柔軟而安靜，感覺媽媽就坐在身旁，在安慰她、原諒她、祝福她，這時，遠處傳來了哭聲。

「舞會，多少年前的事了？三十年？」

「一輩子快過了呀！」蒂蒂感歎，「前幾年你總說媽媽需要你，現在你可以出遠門了吧，或許我們可以結伴旅行？」

「再說吧。」婕兒想著去遠方，有點不習慣。跨出家門前，還是先把封死的那個紙箱打開吧，試著讀讀媽媽的情書。「別說我，你呢？真的就一個人？」

「看來也只能一個人。」

「有空多回來吧。」

蒂蒂沒回答，起身，嘴裡哼著什麼曲子，伸展了一下身體，在病床和躺椅間的空隙輕輕搖擺。婕兒聽那曲子很耳熟，在躺椅上也伸直了腳，繃緊腳背，宛如在空中踮起腳尖，輕點著打節拍，轉頭看妹妹，妹妹高舉著手扭動腰肢，模樣很滑稽。她站起來，赤腳踩在冰涼的地板上，兩手向前十指相向，踮起腳尖試圖做個旋轉，卻搖搖晃晃往病床倒去，妹妹及時伸手擋住，兩人噗哧一聲笑出來。

就在這一刻，她們的媽媽呼出了最後一口氣。

道　別

回家？哪個家？有父母的台灣，還是有子女的美國？毀棄與重建，並非只是別墅和公寓的選擇。關於迷路和尋回、冷和熱的記憶寫得密密麻麻，突然就要翻頁，面對新一回合的空白。她暗自希望外公入夢來，給她一個暗示，一個預言，但外公沒有來。玩遍吃遍，要付出什麼代價，外公知道嗎？

愛麗絲挎著香奈兒新款黑方包，一身輕軟的駝色滾毛邊短外套，黑色過膝羊皮長靴，提一盒糕點，在新天地地鐵站閘口輕刷一下巴寶莉鑰匙包出站，包裡有上海交通卡和自家公寓的門卡。這卡還是昨天小何提醒她放進去的。太太，明天車子保養，要記得帶上交通卡。

從地鐵站到珊蒂在新天地的公寓，要走過兩條街口，站在地鐵出口的愛麗絲，有點不確定該往哪個方向走。這就是有家庭司機的缺點。在上海這麼多年，還是不辨方向。她臉上化著淡妝，微卷的深栗色短髮攏在耳後，露出豔紅似血的紅寶石耳環，膚色在定期保養和微整下，長年保持白淨，只是這幾年俏皮的角度圓了，輪廓開始不明晰，像習畫者抖著手炭筆白紙勾出的線條，還垂著一塊鬆垮的頸肉。幸而雙腿依舊修長筆直，穿靴子有種中年女人不可多得的帥氣。

一陣風來，黃葉落盡的梧桐枯枝打著哆嗦。在屋裡和車裡，從不感到冷，小何總是提早把車熱好，在門口等她，今天自己走出來搭地鐵，才真的感受到攝氏零度是什麼滋味。昨天早上阿姨把一塊凍五花肉擱在流理台上解凍，到了傍晚，肉還凍著，沒有一絲軟化的跡象，廚房是不開暖氣的。愛麗絲現在也像塊凍肉，她懷念起上個月在北海道小樽泡的溫泉浴。冷膚入水時的刺痛很快轉化成一種熱情的擁抱，心跳加快，面紅耳赤。同行的日本朋友，把一塊白毛巾打濕了蓋在頭頂，她想到留學東京帝大的外公，晚年住在嘉義，每回到關子嶺泡溫泉時也是如此。殖民時期，山徑縱橫的關子嶺曾是極受歡迎的溫泉鄉，說那裡像日本的溫泉鄉箱根。她從小就得外公疼愛，上小學前總是跟著外公到處吃到處玩，在溫泉裡把手指泡得發白起皺。外公禿頂上蓋著白毛巾，暖熱的大手，輕撫她的臉，「這囡仔命好哦，有得吃，有得玩。」就像一句預言，五十年前，外公就看到她一生的軌跡，世界玩遍吃遍。但是外公有沒有看出其他的呢？愛麗絲額頭滲出汗水，望向窗外終年白雪覆蓋山頭的富士山，靜謐永恆。

外公在睡夢中過世時，她才剛飛抵美國，外公的葬禮，子孫輩裡只有最受疼愛的她缺席了。當時她深愧自己的不孝，後來發現，因為沒有參加外公的葬禮，感覺中他還在嘉義那個老宅好端端地活著，仍然拿一根木梳子把幾根抹了油的髮絲往腦後梳去，蓋住禿頂，仍然喝他的濃茶，抽他的菸斗，偶爾打打麻將，批評時政，時不時要清清嗓子吐痰。外公會一直活著，就像富士山一樣，不讓她道別，是外公對她的疼愛。

愛麗絲打開手機上的百度地圖，這也是小何幫她安裝的。太太，你走遍世界，哪能一點方向感也沒？她戴上老花眼鏡，輸入珊蒂的地址。其實打車很方便的，但是她想走路，不只是從一個建築物到另一個建築物，她想在上海市街走走路，散散心。心中那種悶，沒法說，人家會說你無病呻吟。

愛麗絲往前開步走，梧桐在寒風中赤著青白的軀幹，兩旁新蓋的現代大樓拔地而起，龐大的長方體傲慢地俯視著你，以高度和體積警告你保持距離。完全無法想像裡頭住了人，看不到一點生活的痕跡。早年常見那些窄馬路邊低矮的舊房子，廚房窗戶對著街，黑洞裡飄出油煙和菜香，衣褲不晾在探出來的竹竿上，就搭在馬路的晾衣繩上，兩棵梧桐樹上尼龍繩打了死結。天氣好時，棉被也拿出來搭在欄杆上。房子裡的人不在那窄隘的房裡坐，而是拿了板凳出來坐在門口，瞪著一雙眼睛毫不客氣地打量你，反正他什麼也都讓你看了。這些房子不知從什麼時候開始，就一整片一整片消失了，老居民搬到郊區去，可能也住進新蓋的高層公寓，從高高的窗洞往下看，再也不接地氣了。就像別人看愛麗絲在上海的生活，仙氣飄飄足不沾地。

珊蒂所住的社區，圍牆半米厚三米高，擋住過路人好奇的眼光。愛麗絲通過大門警衛、大樓保安幾道客氣的盤問，在電梯間請主人遙控操作，好容易才進到珊蒂的家。珊蒂接過糕點，作出驚喜狀，「哦，犁記的，聽說上海又開了一家？」

她套上羊絨軟鞋，熟門熟路往客廳去，那裡歡聲笑語人氣蒸騰，幫傭阿姨正端了紅豆蓮子湯出來，一碗碗冒著熱氣，茶几上梅花五瓣大果盤裡擺著牛肉乾、綠豆糕、鳳梨酥、牛軋糖和竹炭花生等台灣零食。台灣點心在上海小資圈中挺受歡迎，以前是台灣朋友專屬的伴手禮，後來分店一家家開了，有的人更直接從台灣郵購，既原廠又新鮮。換句話說，不稀罕了。她笑著跟大家招呼，一面打量朋友們是否別來無恙，老了？胖了？女人到中年比的就是誰不老，誰苗條。

「愛麗絲，怎麼現在才來，又掉進兔子洞了？」愛麗絲的兔子洞，她們總這樣打趣。有時她自己都懷疑真的有這麼一個洞，不時會掉進去，到了另外一個世界，光怪陸離，看不懂進不去，出來後時間消蝕了一大段，什麼都沒法累聚。

在座的幾位，有的熟有的不熟，大多是美國學校的家長。像她這樣從美國公司外派到中國的家庭，社交圈都是從美國學校開始建立，先認識孩子的同學，然後是同學的父母，透過各種家長會活動，彼此的關係越來越緊密。兩年前，小兒子也去美國讀大學了，她跟家長會的朋友們倒還保持連繫，交換孩子在國外讀書、約會、找工作的經驗。

珊蒂不太一樣，四十出頭，是資深人力管理顧問，單親媽媽。她對孩子不沾不黏，孩子也跟她一樣從小就很獨立。當愛麗絲在家準備晚餐，督促孩子做功課、練琴，照拂應酬醉酒的先生時，她在酒吧裡尋歡，在劇院裡流連，上品酒課和瑜伽課，到尼泊爾那種遙遠的地方旅行。愛麗絲跟她在一個公益講座上認識，聊得投機，那時剛空巢，亟需新生活、新角色。

今天的主客是海倫，兒子在英國讀書，先生今年退休，最近剛賣掉房子，就要回台灣去了。大家問著回去的安排，在哪裡置房，七嘴八舌，中英文並用。來來去去，是這個圈子的常態，一踏上逐工作而居的軌道，越洋搬家便是家常便飯了。在上海定居，短則三、五年，長則十或十五年，一旦工作告一段落，便連根拔起，遷往下一個地點，而那往往便是養老送終的地方，可能是老家，也可能是第二故鄉。上個月，愛麗絲參加了插花班一個同學的送別會，他們是北京人，舉家遷回曾住了十年的加拿大，因為孩子還未成年，不通中文。

「回去要住公寓了。」海倫說，他們住的是美商公司在虹橋別墅區代租的房子，四百多平方米，回到地小人稠的台北，可沒這種居住條件了。「住公寓沒什麼，我們就兩個人，最麻煩的是沒阿姨沒司機！」大家紛紛點頭稱是。有人問起海倫家的司機，好不好，可以轉介嗎？

「有愛麗絲的司機那麼好嗎？」

愛麗絲不防珊蒂當眾提到小何，有點不樂意，笑笑沒接腔。大家卻好奇了，怎麼個好法？

「有方向感唄！」她只好說。

大家笑，司機沒方向感哪行？

愛麗絲解釋，她說的方向感卻不單是識得東南西北。小何是上海人，對上海固然是知根知底，他還有一種講求實際沉穩的個性，辦什麼事都像台灣話裡說的「老神在在」，讓她很放心。他準點出現，無論是接送孩子上下學，或是接送她購物約會，從不誤事。他還不囉嗦，除非她開口問。在車裡她常有一種獨處的錯覺，手機裡說什麼都不避諱。朋友們大多是一說到敏感話題，例如政治和金錢，便改用英文或台語，避開司機耳目。

那時他們才剛來上海，手裡有些錢要作投資，志雄早出晚歸忙得不見人影，交給她全權處理。她想買房，人生地不熟，在車裡跟仲介講電話，拿不定主意。最後拍板的竟然是小何，他說那個地段很有潛力，上海人喜歡。果然一年後脫手，賺了兩百萬，她的第一桶金。嘗了甜頭，她對投資房地產興趣大了，常讓小何載著她到處看。無論她買在哪裡，錢潮一波波向她湧來，賺得她都怕了。不可能一直走運吧？反高潮隨時會來，捲她墮入破產的深淵吧？於是匆匆收手。其實那時不過是趕上上海房地產的浪頭，一直往上沖，理性上如此分析，但情感上她感謝這個陪著她到處看房產的人。

「那時應該跟著你們一起投資，早就可以退休了。」海倫說。大家聽了都笑。

大家到上海的時間不一樣，進場也有早晚，闖將賭徒型的立刻出手，像海倫則觀望到房價漲到政府調控了才買，這時房價早就被炒到天高，上漲的空間有限，後悔來不及。但人生沒有後悔藥，一條路走上去，只能走到底。

飯廳桌上擺著咖啡機，杯盤湯匙一套套，奶精和黃糖齊備。愛麗絲老花看不清，隨意挑了個金色的咖啡膠囊，轟一下子煮好，在骨瓷杯裡冒著泡，味道偏苦，配上甜甜的綠豆糕正好。珊蒂過來悄聲說：「週五晚上去嗎？外灘，朋友開的新店，Band 一流。」

她笑笑，不置可否。

「能玩就玩，趁現在！」

現在，現在如何？空巢了，孩子走了，先生也……「我都不知道自己在幹什麼？」她喃喃自問，突然有點激動，「我在幹什麼？」

「噓，親愛的，」珊蒂湊近，身上散發出迪奧的「真我」濃香，「那個傑克，也會去。」

胖子，禿頭，是珊蒂的客戶，也是個海歸，初次見面就邀她去他的私人酒窖參觀。

「不知道耶！」

「哎呀！」珊蒂翻個白眼，很看不上她猶豫的模樣，玩玩罷了，別動真感情就好。

阿姨捧出專門訂制的黑白巧克力方形慕思蛋糕，一塊塊取出裝盤，水果盤也端上桌。主人取出早就凍好的法國香檳，砰一聲開瓶，琥珀色的玉液傾進一支支細長的水晶杯，七分滿，八杯。「八仙過海！」珊蒂喊，大家哄地笑開，什麼八仙過海，土死了。

「怎麼不是，過太平洋，過台灣海峽呀！」珊蒂也笑，酒未入喉，已經兩頰酡紅，「祝海倫一路順風，有緣再見囉！」眾人舉杯跟進，哐哐互碰。

香檳飲盡，餞行會也進入尾聲，媽媽們要回家等孩子，準備晚餐，紛紛起身告辭。愛麗絲去上洗手間，門一關，鬆了口氣。洗手間很寬敞，鑲金邊的洗手台和水龍頭，架上有花，牆上有畫，玫瑰花香從一個精緻的香精陶瓶裡滲出。外頭的熱鬧更顯裡頭的寧靜。愛麗絲用溫水緩緩洗手，從方形長窗俯瞰，看到一彎水池，池邊散步和階梯上閒坐的人影，她現在終於比較清楚自己身在何處，中共一大會址應該就在……這時，有人輕輕敲門。

開門，是海倫。愛麗絲抱歉地說：「唉，今天還沒跟你說到話，你都要走了。」

「沒關係的，台灣見，我們在淡水，再見哦，再見！」海倫急急關上門。

台灣，淡水，彷彿這就是明白不過的地址。每年都因旅遊或探望親友，在世界各地跑來跑去，這世界不過就是幾條常飛的航線連成的幾個點，爸媽住的台北，女兒在的波士頓，兒子在的洛杉磯，他們長住過的聖荷西，最常去度假的巴黎……輕易可以到達，也輕易可以離開。一路順風吧！愛麗絲沒有一絲離情，她知道門後的海倫也不會有，大家都是過客，相濡以沫，相忘於江湖。

有人要給她便車，她婉拒了，說想走走，地鐵站很近的。看朋友的車子一部部開走，她又想起小何。

她記得那時快到中秋節，到處飄著桂花香，金桂銀桂四季桂，一輪輪開著，她在桂花香裡半夢半醒，然後有一天，社區的桂花開盡，花香沒有了，她很是惆悵。小何跟她說，太太，附近有個小區桂花開得老好的，要不要去看看？車子開進小區，果然聞到濃郁的花香，在社區兜了一圈，小何把車停好。太太，要不要下來看看，也許可以在這裡買一間？

她笑，學上海人啐聲「瞎講八講」，買樓真的像買菜？

她下車來，小何也下車，卻不走。她覺得有點怪。順著小何的眼光，看到旁邊停著一部黑色賓士，卻是志雄的車。志雄不是在浦東上班……

太太，我載你回家吧。她在車上無聲流著淚，小何一聲不吭，只是放著她喜愛的潘越雲。一張光碟放完，小何還載著她，車速緩緩在街上繞。她擦乾眼淚，看著小何的背影，頭髮理得很短，夾生著白髮，白襯衫搭灰色毛線衫，鬆鬆垂下的手臂，他開車也是好脾氣的，不疾不徐。她從未好好地看過這個人，就是一個稱職的幫手，一個值得信賴的背影。志雄外頭有人，不是一天兩天的事，她只是睜隻眼閉隻眼，逃避著。現在連司機都看不過去，為她抱不平，她感到很丟臉。

之後，她跟志雄捅破了那層紙，吵開了，原諒了，兩人繼續走下去。

她琢磨著，小何冒著被炒魷魚的危險來提醒她，是在輸誠、同情，還是保護？

後來就有交款的那檔子事。

那時有時要用現金交易。有人民幣現金七十萬，約好某日某時必須面交賣方，偏偏兒子打球骨折送到醫院，她無人可以請託。就讓小何送去吧，反正有仲介陪同。那個時候，她已經把手上幾套出租房交給小何打理了，水管維修、家具汰換，甚至找房客，都由他全權負責。上海人小何算盤比她打得精，不勞她費一點心。

小何面對交款這麼一個重任，沉默了。有問題嗎？她問。太太，這不是一筆小數目。小何像在提醒她什麼。七十萬他不吃不喝要賺上十年。頭腦清楚的人，怎麼會把七十萬交給外人呢？地方新聞裡，多的是為了幾萬元至親反目成仇的事。

她不想說什麼信得過你的話，說了就有懷疑的嫌疑，只作尋常事，就像給他錢去加油一樣。當她把沉甸甸的錢袋交給他時，心裡還是閃過一個念頭：小何如果就此消失，人海茫茫，哪裡找去？

她本來就有賭性，又有點宿命，只要是事關重大，腦子就停擺，一切憑感覺。嫁給志雄也如此。當初在美國有那麼些個青年才俊在追她，比志雄優秀或帥氣，她卻腦門一熱嫁給他。結婚後也挺恩愛，添了一兒一女，有一份好工作，生活過得有滋有味。有一天，志雄問她，有機會派到中國大陸，去不去？她笑，怎麼可能捨下眼前的好日子？當晚作了個夢，一汪水塘，外公在教她打水漂兒，找扁平的小石子，朝水面擊去，那小石子咚咚咚一路點著水過去了。輪到她，她學著外公的模樣把石子平平擲出，石子卻撲通一聲入了水，外公撫著她的臉哈哈大笑。她醒來想了想，外公是笑著的，那就去吧！

約定的時間到了，仲介打電話來，不見小何。她讓他們再等等，也許路上耽擱了，上海的交通那時就不太順暢了。過了一刻鐘，仲介電話又來催，她打給小何，關機。

七十萬，她習慣性地換算成美金，相當於她在美國的年薪了。這一賭，興許把年薪給賠上了。不僅如此，把一個好司機、好幫手也賠上了。

小何晚了半小時才到，抖著手把錢袋交上，一雙眼睛紅通通布滿血絲。這是仲介事後告訴她的。

小何通過考驗了。她為什麼要這樣考驗他？或者說，考驗彼此？下個月，她給他加了薪。

愛麗絲邊走邊想，走了幾個街口，沒看到地鐵站。路變小了，出現了一些服裝店水果攤，還有一家房地產公司，裡頭走出來四、五個人，有男有女，恨恨吐著菸圈，眼睛全朝馬路的另一頭看。那一頭也是一家房地產公司，門口站了兩排人，領導講話，員工握著拳頭喊口號，很有點拚命的意味。常見到美髮院早上開門後，美髮助理在馬路邊做操，或是辦公大樓的保安，在門口排隊立正聽訓，像這樣兩邊對峙示威的倒沒見過。

一個戴著兔耳毛線帽的少年，風一樣從她身邊跑過，完了完了，還是晚了晚了地嚷著，那球鞋的彈性似乎特別好，讓他彈跳得老高，驚起窗台上打盹的大貓，她的眼光跟隨著少年飛躍的步伐，直到他突然消失在巷弄裡。

這時一輛出租車停下，走下一個男人，穿一件舊垮垮的西裝外套，手裡捧著禮盒，一串鞭炮在寒天裡零零落落響起，有人圍過來看熱鬧。其實沒什麼可看，男人就這樣進店去了，之後悄無聲息。是下聘還是迎娶？就這麼簡單，她做什麼都比這講究。

問了路人，前頭有個地鐵站，她無意走回頭路，便繼續向前。前頭更荒僻了，沒有之前的時髦和熱鬧，只是光禿禿一條路，簡陋的店面，賣桂林米粉，賣大餅生煎包，打鑰匙配鎖，一個賣毛線帽的地攤，各種昆蟲造型的帽子，那個急急趕路的少年，現在蹲在攤子後頭，拿著個彩色毛毛蟲帽對她揮動。幾個老人穿著厚棉衣傍著炭爐圍坐，此時紛紛抬起探詢的眼，口裡吐出一個個菸圈。她的打扮在這裡太顯眼。天色漸暗，愛麗絲夾緊皮包，想打車，一輛車也沒。

手機響了，看到小何的號碼，她像見到救星。小何說車子好了，需要用車嗎？她連忙要他來接。

愛麗絲心定了，想到小何正在來的路上，就像緩緩浸入熱水中，溫暖而舒適。突然一聲女人尖厲的叫聲傳來，四周一陣騷動，她往後縮縮身，只見幾步路外一個男人扯著女人的頭髮往前，女人抗拒著，腳踢著蹭著，嘴裡拚命喊：我不走，我不走啊！男人轉過身就是兩巴掌。男人要拖你去什麼地方呢？可憐你沒有小何來保護你。女人坐到地上哭起來，男人往她身上一腳踹去……大家只是看著，沒人多說一句閒話。看男人打女人不是一次兩次了，但總是坐在車裡看，從未如此刻般接近現場，尖厲的哭叫聲實實在在刮著她的耳膜，她的腳彷彿被黏在地上動彈不得，只能盡量弓起身子，把自己縮得更小，不引人注意。

愛麗絲？愛麗絲！

我怎麼能變得更小呢？小到可以隱身，小到這個奇怪的世界看不到我。愛麗絲在溫泉池裡，捧起外公又厚又大的手掌，蓋到自己的小臉蛋上。不見了，看不見外公，外公也看不見我。我怎麼樣能夠隨心所欲變大變小，跟四周的環境契合無間呢？外公？外公……

小何來了，銀色七人座休旅車，亮著煌煌如獸眼的大燈，堵在路口如此龐然，所有人都盯著他們看，被打的女人也站起來抹眼淚，一時馬路上安靜下來，彷彿剛才不過是為她搬演的一齣戲，此刻曲終人散。她很快上了車，車裡暖如春天。小何沒有問她為什麼會在這裡，只是平穩地往前開去。不管她流落到哪裡，小何都會把她安全送回家。

昨晚躺在床上，志雄說了，美國總公司最近半年動作頻仍，既削減福利薪資，還派了個副總來攬事分權，他無心戀棧，也累了，是不是就退休了？老婆，我們回家吧！

回家？哪個家？有父母的台灣，還是有子女的美國？毀棄與重建，並非只是別墅和公寓的選擇。關於迷路和尋回、冷和熱的記憶寫得密密麻麻，突然就要翻頁，面對新一回合的空白。她暗自希望外公入夢來，給她一個暗示，一個預言，但外公沒有來。玩遍吃遍，要付出什麼代價，外公知道嗎？

車子穿梭於車流中，天已經完全暗下來，城市的燈光輝耀得令人眼盲。她怔怔看向窗外，沒有方向感。小何……她想分享點什麼，卻不知從何說起。他的眼光總是避免跟她在照後鏡裡交會。他那麼拎得清，不越界不逾矩，她依賴他，卻看不透他。既不知曉他的過去，也不會知曉他的未來，以至於無從猜測，在不久的將來，當她必須離開，兩人會怎麼樣地道別。

淺　笑

她眼睛看到的蕭太太就是幸福美滿的活廣告：不用煩惱房東漲房租，不用擔心女兒的將來和自己的養老，每日優游自在，住在豪華舒適的大房子裡……難怪蕭太太有那神祕難解的淺笑，從容不迫，一切都在掌控之中。當你能力強時，外物不能夠輕易侵擾你，若是無依無靠即將老去，任何風吹草動都膽顫心驚。

邱霞早餐蔥蒜都不敢吃，怕有口氣，小周卻靠在後門那兒抽菸，也不怕有菸味。

青田推拿後門緊對著一爿老公寓房子，小巷早晨不見陽光，盛夏時溼黏，散發著臭氣，什麼動物的腸道似地，寒冬臘月的此時，凍硬了像一截灰白色的排水溝。小周穿著新買的鵝黃色羽絨短外套，緊身牛仔褲包出臀部鼓翹、大腿豐滿，吸入寒風吐出白煙，彷彿身體是個能自行發熱的火爐。平心而論，小周手上功夫還不到位，卻憑著年輕活潑和隨時如花綻開的笑顏，每個月累計的工時最多，穩占績效第一把交椅。

誰都想拿第一，包括老資格的邱霞。她入行快二十年，初到上海時應聘到青田做打掃衛生，一個月只掙幾百塊錢，得店裡好心按摩師指點，轉而學習推拿技藝。她認穴準，手上勁道足，不輸男推拿師，幾年下來也累聚了一些老客人，來店裡會指名找她，但是她從未拿過第一，或許跟她的個性有關。死腦筋，幾次別家店來挖角，她卻像認自家田地般認死青田這個坑。嘴巴不甜，客人來了也像對著地裡莊稼，一心一意把石頭般僵硬的筋肉推鬆揉軟，眼睛不是看手下的皮肉，就是垂著眼皮朝地下看，不會家常里短套近乎。如果生得像小周那樣倒也罷，她卻生得皮粗腿短像供人使役的牲口，一頭毛渣渣的頭髮束成一把，即使在這個大城待了那麼多年，從沒想過去燙染換個樣子，現在這把毛渣渣的頭髮已白了許多。其實她剛入店那時，看著就挺老氣，身上永遠是那兩三件衣褲替換，脂粉不施，黃臉上一對鬥雞眼。她總是默默聽著別人閒磕牙，自己的事捂著不肯講，三年前，一個小姑娘尋上門，大家才曉得她老家有個車禍致殘的愛人，還有個女兒，都靠她一個人養，現在女兒中專畢業了，到上海來找工作。她跟女兒在附近跟人分租了一個房間，下班如果晚了，女兒還來接她，路上買個烤紅薯鴨脖子什麼的，勾著手一起吃回家。這一帶酒吧多，吃夜宵的人多，烤羊肉串和柴板餛飩各種小攤擺到深夜，竟比白日裡更要熱鬧。邱霞遂比較常露出那有很多牙齦的笑容，說話時眼睛也會看人了，有時跟同事聊天，也會他媽的什麼什麼笑罵著。

但是上個月，她卻垂頭喪氣搬進了員工宿舍。員工宿舍一直都有的，大通間擺了幾張上下鋪，可以睡六個女師傅，店裡的男師傅都是半盲人，不住宿舍。六個床位早都住滿，她跟老闆說，有沒有床位都得搬進來，房租突然從兩千漲到三千，真是要人命啊！她也曾再三懇求房東發發慈悲，都住了幾年的老房客了，房東說並不是他沒良心，上海的房市就是這樣，去房產仲介問問，附近這樣的房子都租多少錢了？租房子不是做善事，愛莫能助。老闆聽了點頭，同病相憐，店面租金年年漲，偏偏上個月隔一條街上又開了一家推拿店，五級石階上到兩扇青灰色大門，赭紅條框和兩個鐵環，外觀很有上海人說的「腔調」，聽說裡頭更是美輪美奐，按摩床是進口的，推拿師傅個個能說點日語和英語，講求衛生，戴口罩服務，正符合附近居民的需求。

其實女兒來之前她就住在宿舍裡，上樓睡覺下樓上工，為了省錢，大上海這麼一個花花世界，哪裡都沒去玩過。上海之於她，不過就是附近常走的幾條街，還有偶爾被派到酒店時一路的人車和大樓，酒店裡堂皇明亮的大廳，密密拉上窗簾幽暗的房間，床上趴著的人。她默默地幹活，常做到客人打呼，她腰背痠疼難忍，眼前浮現春節回家看到的女兒模樣。女兒一到上海，她就搬出來，租房雖老舊，有廚房和衛浴，也有桌椅和電視，女兒膽子大，休假日帶著她乘公交搭地鐵，到處走走看看，雖然開銷大了，但那日子過得還是比較有滋味的。以為從此日子會越來越好，誰知她又灰頭土臉拉著一個皮箱回宿舍，而且還沒有床位，只能等到深夜店裡客人都走了，熄燈鎖門，在二樓的足部推拿室，湊合著睡在沙發上。

女兒沒有一技之長，在上海做了幾份工作都是薪資微薄，上海的物價高，三年下來沒有存下什麼錢，看看老家的玩伴們一個個都結婚懷上了，喪了志也想回去。

女兒回去跟爸爸作伴，找個人嫁了，也不失為一個歸宿，但是邱霞不免會想，女兒不像自己這麼嘴笨心拙，笑起來也是一朵花，難道不能像小周那樣在上海過上好日子嗎？聽說都準備在郊區買房子了。

小周抽完兩根菸，伸了一個長長的懶腰，邱霞也站出來往小巷張看，女兒說好十點前來的。

「待會兒我要去酒店，下午兩三點回來。」小周低聲說。

「又來了？」

「嗯，他們過元旦不過春節的，現在我們都要過年了，他們才來。」

小周有幾個日本熟客，只要到上海出差就約她。酒店的床太矮，做起來格外吃力，但是小周一點也不介意。到酒店做本來收費就高，加上小費，還有去回的出租車錢，搭地鐵走段路，五十塊車錢就省下來了。這些原來都是店裡的客人，被小周截了，小周知道她這個人不愛嚼舌頭，放心在她跟前炫耀吹牛。小周喜歡炫耀，她聽著就好，哪知竟然會把蕭太太的事說了出來。

當時店裡客人少，她們在休息室裡靠牆並坐床上，她看著自己的腳，大趾趾甲太長，刺到肉裡了，隱隱生疼，小周把頭靠在她肩上，也不知擦的是什麼髮油，味道很嗆人。老闆在見工時說過幾條規定，第一條是不可以跳過店方直接接單，第二條是身上不要擦香抹油，不能有異味，因為這是近身接觸的工作。小周對所有規定都嗤之以鼻，但是客人喜歡她，老闆也拿她沒辦法。小周在她身上磨磨蹭蹭，問她胸部是真的還是假的，伸手就捏，她推開，準備下床去找個指甲剪。小周又貼過來說，你在這裡這麼多年，難道沒有熟客？青田早班十一點，晚班一點，你怎麼不偷空賺賺外快？當時她突然管不住嘴巴，把蕭太太說出來了。小周聽了眉一挑說，看不出來啊，「悶聲發大財」，你這活兒比我的好，固定收入。她當時就後悔了，恨不得把話吞回去。對她來說，蕭太太不是一般的客人，不好跟那些日本人放在一起比的。

巷口終於出現女兒的影子，手裡抱著一個睡袋，像抱孩子一樣。如果女兒真回老家，很快也就結婚生孩子了吧？

「怎麼現在才來？」她埋怨，「你怎麼沒穿那件厚外套？要感冒了。」

「哎，我走得都出汗了。」女兒把睡袋塞進她懷裡，「我朋友說這睡袋很暖的，別看它輕，你鑽到裡頭，拉鍊拉起，就不冷啦！」

睡在足療室裡到半夜就一陣陣冷，也不知哪裡透進來的風，下半夜冷醒後，腦子裡走馬燈轉著各種念頭：女兒去跟朋友擠個群租房，不會有問題吧？是該留她在上海作伴，還是讓她回老家去？她都快五十了，早就過了這行的盛年，像小周那樣，客人喜歡，掙的錢也多，像她這樣技藝純熟的，反倒不吃香了。靠體力吃飯，這麼多年下來，頸椎腰椎都不好了，客人找她推拿，她找誰去……女兒從小不在身邊，長大後倒也懂事，有了睡袋，希望今晚可以一覺到天明。

「沒事你就走吧，我待會兒要去蕭太太那兒。」她悄悄跟女兒說。

「哦，那你今天一定要跟她說，下禮拜過年了！」

「哎呀，我曉得，快走吧！」她催著女兒走，對著女兒的背影嚷著：「多穿點！生病要花錢的！」

邱霞收拾整齊，便從後門的小巷出去，拐到大路，快步向前。時間有點晚了，但是她在水果攤前還是停下來，買了幾個富士蘋果，又在隔壁的小店，買了幾個小燒餅，圓的是甜的，橢圓是鹹的，還是反過來？她的頭腦真是不好使，尤其記掛著什麼事時。

房東提出漲房租那時，她跟女兒一起算了筆帳，一個月兩人賺多少花多少，能負擔多少房租，能存多少？女兒就提到蕭太太。

每週一次上門給蕭太太推拿，幾乎跟女兒來上海時同時開始的。蕭太太也是青田的客人，讓她做了幾次以後就問，願不願意上門服務？蕭太太說自己雖住得不遠，寒天暑天還有雨天，到青田總是不方便，如果她能上門，就省事多了，別跟老闆說，錢全歸自己拿，不是兩全其美？

她猶豫不決，害怕被老闆知道，這可是搶了店裡客人的。蕭太太說這不算搶，就當作是客人不喜歡青田的環境，準備轉到別家去做。她的心思慢慢就活動了，加上搬出宿舍，行動更自由，便大著膽子接受了蕭太太的提議。蕭太太家成了邱霞在青田、酒店之外，上海的第三處風景。

那是個花木扶疏的高檔涉外小區，十來棟二十來層的公寓。蕭太太住在底樓，自家有個小院子，裡圍是青青修竹，外圍是七里香樹叢，夏天生得密，枝葉竄得高，外面看不見裡頭，到了這時節，從稀疏的樹縫間可以看到園裡怒放的水仙，含苞的山茶，紫藤花架上的禿枝，像她長年使力而腫大的指節般粗，架下的籐製吊椅在寒風中微微晃動。天氣好的時候，她常看到蕭太太的花貓臥在上頭打瞌睡。這個對邱霞充滿了吸引力的院子卻沒有門，有幾次明明看到蕭太太就在院子裡，她也只能繞到大樓進口處，撳鈴讓蕭太太開門。

門開處，蕭太太穿著淡金色睡袍，裹一條蘇格蘭花格子大圍巾，軟軟招呼一聲，「來了？」便走回飯桌去繼續吃早餐，烤土司煎蛋和一杯咖啡。

邱霞從鞋櫃裡找出她專用的拖鞋，穿上。三年了，這個時間點來，習慣晏起的蕭太太總還在吃早餐，等她把泡腳木桶裝好熱水，需要的毛巾備好，椅子擺好，蕭太太也吃好了，慢悠悠地走來，坐下，開始一個小時的足部按摩和一個小時的身體推拿。

蕭太太兩隻腳緩緩放入點了佛手柑精油的熱水，撲鼻一陣怡人的果香。

「你又帶東西來？」

「就是水果嘛，水果多吃總沒壞處，這是特價的，表皮不好沒關係，老闆說還是好吃的，還有燒餅，你吃吃看，看著挺香，你每次都吃麵包，偶爾換換口味嘛，我路上順便……」雖是送東西給人，邱霞卻一副陪小心的模樣，巴結地叨叨說著，越說越小聲。

蕭太太等她結束了喃喃自語後說：「下回不要再帶了，家裡水果很多，那個餅……」蕭太太沒往下說。

邱霞看蕭太太對水溫沒意見，便先給她鬆肩頸。一刻鐘後，腳泡得差不多，她又坐到蕭太太跟前，小心翼翼捧過蕭太太的腳擦乾，手抹按摩油，一個個趾頭細細捏過去。每當她這樣對著蕭太太白皙柔嫩的腳掌，平日緊閉的話匣子就自動打開了。她說得最多的就是女兒，女兒的工作，女兒的將來，這孩子是回老家好還是留在上海？還有自己的病痛，前陣子咳了兩個月才好，最近身上又出蕁麻疹，看西醫好還是中醫好？

她總是把自己的問題一樣樣拿出來講，蕭太太有時答，有時不答。剛開始時，蕭太太還會勸她想開點，兒孫自有兒孫福；感冒了就多喝開水多休息，不用去醫院吊水；跟愛人把離婚手續辦了，在上海再找個有緣人……最常勸她的是，多開發自己的客人，攢了錢做理財投資，錢存在銀行會越存越少。她似懂非懂，理財投資不是她世界裡的東西，至於多找客人，蕭太太是這麼說的：你在青田這麼多年，熟客一定很多，客人如果願意，你就要個電話，有機會可以探探意向，只要收費合理，大家都寧可在家裡推拿的。你看，當初讓你來我這兒，你也是不敢，結果不是挺好的嗎？

蕭太太曾經很熱心地給她建議，但她總是拿不定主意，老牛拉犁一樣地來回說著同樣的話，在同一個思路上跑，有時蕭太太打斷她，有時蕭太太提高聲音，後來，蕭太太聽了只是笑笑。她說著說著，猛一抬眼，看到蕭太太閉著眼睛，面無表情。

她天生膽小本分，只想守著目前的生活，這點蕭太太或許很難了解，她其實也常聽不懂蕭太太的大道理，只是更加確信，蕭太太是她這輩子認得最有文化最有錢的朋友了。她不會去跟小周訴苦，也不會跟女兒訴苦，所有的擔心和疑慮，她都帶來這裡，在蕭太太這個寬敞明亮的大客廳，對著這對白皙柔嫩的腳掌訴說。她需要蕭太太給她明智的建議，那種聽起來條理分明的建議，蕭太太見多識廣，什麼都知道，哪裡都去過，有這樣的人給她建議，感覺上問題就解決了一半。

她跟蕭太太說起女兒。這趟回老家過年，老家有房子，也有人要幫女兒介紹對象，是不是就別回上海了？

「也好。」

「可是，大家都說年輕人在上海機會多，我也想她在身邊作伴。」

「那就回來吧。」

「可是，她沒什麼學歷，工作不好找。」

蕭太太兩片薄唇往上一翹，勾出淺淺笑意，一秒鐘後，笑紋平復波瀾不興，它像表達著認可和同情，又像是否定和輕蔑。邱霞琢磨了一下，跟蕭太太說起小周。

「哪個？」

「你沒見過，這兩年才來的，年輕姑娘。」

「唔。」蕭太太在滑手機，「這裡好痛，是什麼部位？」

「腸胃，這裡對應到腸胃，你最近消化不好嗎？」

「拉肚子。」

邱霞在對應腸胃的足位上來回多推了幾回，蕭太太皺起眉頭。蕭太太年過五十，保養得當，看起來皮膚細緻，但一皺起眉頭，從眉心到兩眼間，就像投石入水，漾起大小水紋。她隱約知道，蕭先生經商，蕭太太在家，兩個女兒在美國讀書。蕭太太不說家裡的事，如果她問，換來的常是蕭太太的淺淺一笑。後來她也不好奇了。她眼睛看到的蕭太太的家，蕭太太這個人，就是幸福美滿的活廣告：不用煩惱房東漲房租，不用擔心女兒的將來和自己的養老，每日優游自在，住在豪華舒適的大房子裡，一年出國旅行好幾回，有鐘點工，還有她。難怪蕭太太有那神祕難解的淺笑，從容不迫，一切都在掌控之中。當你能力強時，外物不能夠輕易侵擾你，若是無依無靠即將老去，任何風吹草動都膽顫心驚。她不敢再找客人，萬一被老闆發現了呢？夜路走多總會遇上鬼。小周說，怕什麼，不可能為這個解雇你，就是解雇了，你再換個地方，有一技在身嘛！但是她已經快五十了。

手機響，蕭太太接起。「談得怎麼樣？哦，那他們要多少？二千？一千九百最多了，你跟他們說，一千八百五十，現在市場就這個價……嗯，好，拜！」

她不知道蕭太太想買什麼，但她不禁想起今天要跟蕭太太提的事。三年了，她給蕭太太做推拿的收費一直沒漲過。當時蕭太太是依青田上府的價格打八折給的，因為錢全數入袋，她很滿意。上海物價年年上漲，現在這個收費比起市價來就低了。女兒幫她算過要拿多少錢才合算，還說，蕭太太那麼有錢的貴太太，根本不會在意這一點點錢。女兒跟小周，年輕人腦子靈光，她腦裡的帳卻沒法那麼清楚明白。蕭太太是她的朋友呀！她沒有提加錢的事，但是這幾回來給蕭太太推拿，總會想著這次又少拿了。本來是來掙錢的，現在感覺卻是每來一次賠一次。

她抬頭看一眼蕭太太，蕭太太盯著牆上的畫，眼神遙遠，不知在掂量什麼，是她要買的那個東西嗎？二千，一千八百五十，這一來一回是差了一百五十元還是一百五十萬？女兒說得對，蕭太太根本不會在乎這點錢。

「蕭太太？」

「哦，你說你們店裡那個小姑娘？」

「小周，她今天又溜去給日本人做了。」她叨念著小周跟日本客人的事，不知哪裡學來的日語，竟然還說得通，店裡本來就有不少日本客人，大家都喜歡點她的鐘……

「長得漂亮吧？」蕭太太插一句。

「還可以。」從腳趾、腳掌、腳背到小腿細細推拿完畢，邱霞把蕭太太白鴿似的雙腳抹上潤膚油，蓋上毛巾保暖，繞到蕭太太身後開始做肩頸。

「這些日本男人，把她叫到酒店去，不會亂來嗎？」蕭太太語氣聽著有點忿忿。

「這，」她愣了愣，得替小周撇清，別讓人覺得幹這行的很隨便，「不會，應該不會，我們是純推拿的。」

蕭太太冷哼一聲，「就你天真！」

「我們都是打工的，不至於……」

「有的女人就喜歡給有錢人當小三，這種事聽得多了，」蕭太太說，「你說她買房子了，誰買給她的，你想想，哎喲，你輕點！」

「今天肩膀特別硬。」她不懂在家享福的蕭太太，肩膀怎麼跟那些上班族一樣僵硬，而且額頭青筋暴突，一看就是睡不好。

「最近很忙？」她關心地問。

蕭太太唔的一聲，低頭滑手機，她站在身後看得分明。微信朋友圈，一張接一張的圖片，風景和美食，一個又一個的朋友，男的女的這個那個的合照，蕭太太肯定是交遊滿天下吧？她也有蕭太太的微信，點開朋友圈的相冊，一片空白。蕭太太可能跟她一樣，只看不發，相冊當擺設。她想著該怎麼開口。要三百？不行，你一漲就百分之五十，我們什麼交情？最多二百五十……

「啊，輕點，你今天怎麼下手這麼狠？」

「哦，要不要到床上做身體？」

「不了，今天就做到這裡吧，我待會兒有事。」蕭太太說，「還是給你兩個小時的錢。」

邱霞推拒了一下，道了謝，本來是想等蕭太太趴在床上，不能使出莫測高深的淺笑時提出加錢的……她把木桶水倒掉，毛巾放進髒衣簍，椅子歸位。回到客廳時，看到蕭太太已經換上紫色套頭羊毛衣和灰毛褲，頭髮攏到耳後，露出兩粒晶亮的藍寶耳釘。

「蕭太太，我們拍個合照吧？認識這麼久，還沒一起照過相，拍張照片在手機裡，也可以讓我女兒瞧瞧，她老說想看看你。」

蕭太太愣了一下，臉上又露出淺笑，那笑容優雅地把邱霞推開，「下回吧。」去年春節前，邱霞想跟蕭太太照張相，也沒照成。「那我走了，過了年再來。」

「嗯，過了年再連繫。」蕭太太這時又從皮包裡拿出三張百元大鈔，「忘了準備紅包袋，恭喜發財！」

邱霞推拒了一下，道了謝。還以為蕭太太忘記了呢，真是有心人，每年總不忘給她紅包。「蕭太太，明年見！」

隔天，邱霞吃過早飯被小周拉著去超市，說要買牛奶。買好牛奶，又買了花生瓜子，說要過年了，買了大家一起吃。小周過兩天就回老家了，她跟女兒要到除夕這天的車票好買些，但是趕不上年夜飯了。

快過年了，大街上的人看來神色倉皇，似乎一年將盡，舊帳需清算卻又算不清，新年將至，想擬計畫理想卻又沒想法，在這新舊交替之際，身心騷動無法安頓。超市門口有個賣春聯桃符的小攤，邱霞站在那裡看了一會兒，沾點年節氣氛，現在上海連炮仗都不能放了。春聯桃符家裡應該早已備好，沒必要花兩三倍的錢在上海買，倒是回家的禮物還沒買齊，昨天那睡袋倒好，人躺進裡頭拉上拉鍊，像回到了襁褓時期，被緊緊包裹保護起來，她貪戀這種安全感，早上起晚了……

「你看，你看！」小周過來扯她袖子，朝對街呶嘴，「就是這家，真是氣派，在搞活動呢，辦卡優惠！」

邱霞凝神一看，只見那家新開幕的推拿店前，一個男士滿面堆笑對路過的人遞傳單。看來小周來摸過底了，或許還在考慮跳槽呢。這時一個熟悉的身影映入眼簾，是蕭太太！站在推拿店前，被發傳單的男士殷勤招呼著，正一步步走上台階。

「看吧，又拉到一個客人！」

邱霞立刻調開眼光，狠狠盯著腳下的柏油路，就像看到地裡要收成的莊稼被田鼠野豬吃殘了。她想著，該回店裡，要上工了，然而下一秒鐘她卻甩開小周的手，飛奔過街，衝上台階，在蕭太太堪堪要步入店時叫住她，「蕭太太！」

蕭太太臉上閃過一絲詫異，「是你？」

邱霞張嘴想說什麼，卻只是漲紅了臉傻傻杵在那裡，像牲口般喘著粗氣。蕭太太看她沒什麼話要說，便還是對她露出了淺淺一笑，款款進店去了。

花　心

一個男人總在為女人傷心，總在覺得委屈，這種情緒，似乎坐實了南方軟男人的名聲。然而，愛情無關堅硬，它是柔軟如泥、黏糊糊的一團心事。新聞上説有新生嬰兒，心臟畸形地長在體外，可以清楚看到它的血肉和跳動。我的心也掛在體外，一無障蔽，這讓我特別脆弱。

我們陷入長長的沉默。她不看我，滿布血絲的眼睛空洞無神，那裡曾經泛起淚花，曾經有憎惡和恐懼，現在平靜了。難道她已經絕望？那個過去對她呵護備至的我，竟然把她五花大綁在椅子上，哪裡都不准去。

我給她喝了點水，把麵包湊近她，她先是拒絕，後來張開嘴咬住一小口，困難地咀嚼，卻嚥不下去。

從白日到黑夜，到如今東方染上一抹血色，晨曦竟如晚霞，我們都沒有真的合眼睡去。整整十三個小時，我逼她傾聽，要求她補充，她無法抗拒，因為疼痛，更因為恐懼。在我們的合作下，那故事完整了，開始可觸可感，閃耀令人流淚的刺目光芒，就像窗外逐漸亮起的天光，兩雙疲累充血的眼睛無法直視。真真假假，一切都那麼令人絕望。

1. 十一個小時前，好的戀人

我是一截炭黑的腐木，上頭亭亭長著小蝶這株蝴蝶蘭，潔白無瑕的五枚花瓣當中，探出翹卷的紫紅花心，如此冶豔，像一個女人張開嘴，伸出長長帶勾的舌頭。

小蝶的吻是致命的，當她深吻你，你全身的感官就只餘唇舌那一點，從那裡直升天堂。或地獄，因為天堂不應有肉欲，而她的吻勾起的是熾熱焚身的欲望。你不知道上帝怎麼能造出這樣的女人。

而這個女人，說要出去買感冒藥和香菇薺菜粥，一個小時了，還沒有回來。我全身發燙，頭如千斤重，臥在床上，等待。打她手機，沒接。三次後，放棄了，她最討厭我一直打手機。「男人不需要一直盯住他的女人，如果他是個男人的話。」她總是以各種方式暗示我的不夠男人，「南方的男人」，她這樣形容。我不喜她用這個詞，彷彿她已閱男無數，足以辨識其中的地域差異。

過去一個月，我們只見了兩次面，兩次都在吵架。一次是熱吵，因為重開工作室的資金來源問題，她餐後甜點還沒吃便拂袖而去；一次是冷戰，一見面她神色匆忙，說只能喝杯咖啡，待會兒還要上課。上課，老藉口，也是最難揭穿的藉口，因為她的學生多，上課時間有固定也有隨機，在城裡各處跑來跑去，像花蝴蝶撲來沾去，約會只能是見縫插針。但我記得，我總是有太好的記性，而一個好戀人不能老拿過去跟現在比。我記得，以前為了能跟我多待一會兒，她會跟學生取消上課，用各種理由，一邊在電話裡語氣無奈地再三道歉，一邊對我擠眉弄眼。有幾次她其實就騎坐在我身上不忍稍離，我的手在她身上游走，她屏住氣息，不讓聲音出現絲微波動。作為一個舞者，她擅長控制呼吸和肌肉。當年的我多讓此刻的我嫉妒。但一個好戀人不能善妒，即使嫉妒的是過去的自己。當她用上課作藉口，彷彿跟我見面是一種不得不為的義務，或許還不如上課，因為上課有錢可拿，而在我這裡，無論是金錢或歡愉都已近枯竭，我無可避免再次墜入沉默的深淵。我的沉默又一次激怒了她。我們瞪著桌上逐漸冷去的拿鐵，看著窗外來往的行人，視線不再交會。這樣過了一刻鐘或更久，我突然起身，在她還來不及說什麼之前，匆忙走掉。我無法再目送她離去的冷淡背影，外八字，矯健有力充滿自信的步伐，如此決絕沒有一絲留戀。

一個男人總在為女人傷心，總在覺得委屈，這種情緒，似乎坐實了南方軟男人的名聲。然而，愛情無關堅硬，它是柔軟如泥、黏糊糊的一團心事。新聞上說有新生嬰兒，心臟畸形地長在體外，可以清楚看到它的血肉和跳動。我的心也掛在體外，一無障蔽，這讓我特別脆弱。

我們在一起已經七年了，分手過一次，和好後，一直沒法回到原來契合的狀態。血痂掉了，皮膚上留下淡淡不平整的疤痕。事實上，和好後，我們是兩個不一樣的人，勉力跟著老劇本走。

大門的彈簧鎖開了，我看一眼手機上的時間，一個小時又二十七分鐘，不過是一條街外的藥房，兩個路口外的閩南粥鋪。

她走進房。「我買回來了，快起來吃吧，一天沒吃東西了。」

「吃不下。」

「吃不下你還讓我出去買？大熱天的，看我一身的汗。」

她把我的手拿起，放進她胸口，那裡滑膩起伏。我睜開眼睛，她穿著一件粉紅恤衫，胸口一個咧嘴笑兩個圓圓黑耳朵的米老鼠，世間樂園之極的迪士尼，已經來到了這個城。我的手就在米老鼠的耳朵後，汗水浸出她胸衣的輪廓。

「你不吃，我先吃了哦，晚上，要出去一下。」

又要出去？說好了今天在這裡陪我。我坐起，她促狹地看著我，「起來了吧？」

我坐到餐桌邊，看她取出兩碗粥和兩碟小菜，醃黃瓜和花生米，兩罐青島純生，一包菸，還有一包衛生巾。

「那個來了？」

「嗯，早上來了。」

我鬆了口氣。心情一鬆，我就願意講話。

「怎麼去那麼久？」

「遇到一個朋友。」

「誰？」

「哎，說了你也不認識，是黛比的前任，以前他常到我們那裡去的。」她打開啤酒，拿來兩個杯，「不冰的，你可以喝一點。」

她向來不喝常溫啤酒，說像喝藥，現在為了我生病，竟願意陪我一起喝。

「你那個閨蜜，不是要結婚了嗎？」

「是啊，我們就是聊到她的婚事嘛，她給每個前任都發了帖子，他問我那個對象是做什麼的。」

「這個前任又是做什麼的？」

「賣紅酒的，跟朋友合開了一個酒莊，在安福路，我們不是在那一帶逛過？」

紅酒。丁小蝶喜歡紅酒，喜歡進口紅酒手沖咖啡義大利麵拿破崙派台灣電影這些小資文藝範兒。我嗅到了危險，嗅到出軌。她從不喝常溫啤酒，這是故作體貼，心虛。

「能喝幾百塊錢一瓶的波爾多，又何必喝幾塊錢的青島？」

「知道就好。」她瞪了我一眼，「生病了不靜養，還胡思亂想，明天我可是一天的課，別想我再來伺候你。」

丁小蝶總是對的，即使不對，也有她的理由。當她看著我，那雙明媚如秋水瀲灩的眼睛看著我，我因為無能讓那美永遠為我停留而悲傷，而當她用一種天真無辜小動物般的眼神看著我，她就還是十七歲，那個我初識的她，我失去理性、憤怒和自尊，那充滿胸臆的強烈感情只能是我要好好守護她。

再怎麼說，她是我的初戀情人。

我對那碗粥一點胃口也沒，把啤酒喝了，吞了幾顆退燒藥，又回床上躺著。迷糊中，感覺小蝶一直走來走去，收拾著什麼，碗筷撞擊聲，講電話，壓低著聲音笑……突然驚醒，四周一片漆黑，胸口一陣強烈的噁心，連忙起來到廁所，趴在馬桶前，身體劇烈抽搐，惡臭的混合物從胃裡沿著食道上湧，從喉嚨哇地噴射出來，滿喉熱辣辣的酸味。平靜下來後，漱了口，到廚房喝水。

餐桌收拾乾淨了，那件米老鼠恤衫搭在椅背上。她是換了衣服出去的。我拿起恤衫深深嗅聞，彷彿從那熟悉的汗味和香水味裡，足以查知她的行蹤。但是，我既非柯南也非福爾摩斯，不過是一個病入膏肓的男人。我哇地一口又嘔出來，伴隨的還有鼻涕和淚水，全嘔在了米老鼠的臉上。

「所以，你跟他出去了？」

她沉默。長時間保持相同的姿勢，她現在恨不得跳起來活動筋骨吧，她向來是個靜不下來的人，但她沒有求饒。還沒有。

「說！」

「你知道那就是玩玩。你不可以這樣對我，你沒有權利這樣對我！」

「你也沒有權利那樣對我。」我說，此刻我是如此冷靜，只是在作一次總檢討罷了，之後，什麼都不重要了。「你還想離開這裡嗎？你想盡快離開，我問什麼你答什麼。」

她咬住下唇，額頭冒出冷汗。

2. 八個小時前，肉色壁虎

不管小蝶曾經跟哪些男人在一起，不管有多少男人曾經迷戀過她，都改變不了一個事實：當小蝶還是個瘦瘦小小的女孩，她的美還深藏如種籽，我就已經在那裡了。小蝶從小女孩到成熟女人，這過程是由我見證的，隨著她的成長而永遠消失的純真脆弱，無邪的甜美，只有我曾經看過，並且永遠珍藏在記憶裡。我所了解的小蝶，比別的男人多了一層面貌，我知道那花是怎麼開成的。

然而了解小蝶的過去，並不代表能掌握她的現在和未來。在愛情裡如果我學到了什麼，那就是對彼此的了解並不保證愛情，有時正因為不了解，才讓相處充滿了神光閃閃的吸引力。過去這幾年，小蝶蛻變成一個獨立成熟、充滿好奇和精力的女人，在上海這個大都會裡如魚得水，儘管我努力追趕，有時只來得及見到魚尾擊水濺起的水花，她深潛入水，無影無蹤。有時我覺得，我其實一點都不了解她。

了解也好，不了解也罷，她就是我的宿命，是上天安排給我最大的功課，或者，也是最後的功課。她在我身上種下的魔咒，恐怕只有死亡能解除。

那年我大三，回蘇北老家過年，已經不太適應老家冬夜的寒冷，屋裡沒有暖氣，只有一個小暖爐，給奶奶烘腳。我站在家門外抽菸，看著這個曾經踏過千百回的石板路小巷，百無聊賴。熟悉的街坊鄰居，死的死，走的走，有幾戶人家搬了，大門落了鎖，沒有新人遷進，磚牆縫裡生出一莖莖的雜草。聽說這裡快拆遷了。我想著是不是該早點回學校，那裡畢竟是上海，有的是地方去，這裡連買杯咖啡都難。這時天剛擦黑，守著老家的老人們有天光時就不點燈，只有巷尾一盞路燈掙扎地亮起，光線一閃一閃不穩定，就在那曖昧的閃閃爍爍中，一個女孩遠遠向我走來，像是什麼電影的開場。

那是我第一次見到丁小蝶，十七歲，紮著馬尾，身形瘦小。大概是因為被一個陌生的年輕男人盯著看，她板著面孔腰桿挺直。小巷的窄仄這時顯出好處來了，她再怎麼垂著眼睛板著面孔，從我身邊經過時，就像電影裡給了個特寫鏡頭：臉龐微紅，髮絲拂在耳邊，耳朵像月光下的貝殼，顴骨高，嘴大，兩道天然的粗眉，一勾個性分明的下顎弧線，俏皮微翹的下巴，整張臉就像一朵正在綻放的白色小雛菊。這長相，擺在石板路小巷未免太有稜有角，只適合上海那種洋氣的地方。

她已經走過，一米兩米，十米二十米，背挺得很直，走路是外八字，墨色打底褲，一件及膝的雪色長毛線衣，豆沙紅的毛線帽，兩顆毛線球在腦後不安分地搖來晃去。她不像是這裡的人，就跟我一樣，格格不入。六十米七十米，就在她即將消失在巷尾轉角時，一隻不知從哪裡鑽出的黑色大狗吐著舌頭從後面撲上，我菸一扔跑上前，卻見她轉過身來抱住大狗：「豆豆，你跑哪裡去了？我到處找！」

在她懷裡的大狗，開始對著我汪汪叫起來，女孩抬頭看我，眼睛水亮亮，眼神跟豆豆的一樣，簡單直接。

丁小蝶是跟著爸爸、繼母回爺爺家過年的，他們家很早就搬進城了，往年總是把老人接到家裡過年，因為拆遷，這是在老宅子最後一個年，幾個親人都回來了。她是個舞者，十二歲時被廣州的舞蹈學校選中，懷抱著成為一名偉大舞者的夢想，勇敢地上了火車，一天一夜去到了廣州，住在學校宿舍裡。因為離家遠，也因為要出人頭地，她總是起早貪黑開小灶練功，幸好是有天分的，成績拔尖，正準備考上海的舞蹈學校。知道我來自上海，她的眼裡突然燃起兩簇火焰，一跳一跳。春節假期，我們天天在一起，她崇拜我這個大學生，無比嚮往上海的種種。我從小跟著奶奶長大，因為學習好，考到了上海的大學，但我的身邊沒有愛我和我愛的人，小蝶讓我第一次有了當大哥哥的驕傲和滿足。

我時常在網上跟她聊，越聊越覺得她純真可愛。學期中我省吃儉用存了旅費，一放暑假便去了廣州，想著找個什麼臨時工。能不能掙到錢無所謂，就是個經驗，我是這麼跟奶奶說的。我讀國際關係，準備考研，將來留在學校教書，畢業前的暑假，本來是特別忙碌的。我在一個同學家安頓下來，準備找到工作再跟丁小蝶聯繫。

她並不知道我來，我想像著見面時的驚喜，這應該是小姑娘會喜歡的浪漫吧。

三天後，還是沒有找到合適的工作，廣州的夏天燠悶難熬，房間裡就一隻風扇咔嗒咔嗒搖來搖去，濕熱的空氣在房裡循環，身上都要發霉了。晚上我躺在單人床上，望著灰白的天花板發呆，那裡有一灘黃色的水漬，像有人在白床單上尿床。我尿床一直尿到上小學，奶奶總是一面洗床單一面叨念：可憐這孩子就是沒有爸媽在身邊，心裡不踏實。爸媽在美國，說是等我大點就接我出去，但他們一直沒回來，後來還離了婚，各自婚嫁，估計已經忘了我。

此刻我心裡也不踏實，半年不見，小蝶的模樣已經模糊。我對她知道多少？為什麼一廂情願認定她？我試圖回憶，腦袋裡卻是一片空白，彷彿在老家門前巷子裡，當那路燈閃爍時，並沒有人向我走來。這時，一隻肉色壁虎爬到那灘水漬中央，停在那裡一動不動，久久，像得了白化症的蜥蜴，像萎縮版的恐龍，它顯得如此膽怯，任寶貴時光溜走。腦門滲出的汗把我的頭髮弄得又黏又潮，腦袋已經膠在了有異味的枕頭上，枕頭膠在了堅硬的木板床上，我生生變成一具化石，上面長滿青苔。

我翻身坐起。

找到舞蹈學校時，已經晚上八點，我並不期待這時能見到小蝶，只是必須有所行動，必須更靠近她的所在。香蕉般的彎月掛在天上，教學大樓一片漆黑，我夢遊般地往校園更深處走去，那裡有燈光，有音樂，教室裡有一男一女在跳舞。男的穿一件黑色背心，一條垂墜的寬褲子，女的穿紫色緊身衣裙，兩條肌肉結實的光腿，黑色高跟舞鞋，一舞動起來鼓騰騰的胸部隨之輕顫。男的數拍子，帶著女的擰身向前，停步，後轉，旋轉倒入懷裡。天氣如蒸籠，兩個人的衣服都黏在身上，貼出身體的線條如半裸，地上雨點般一滴滴汗漬，他們一遍又一遍，不嫌煩不嫌累，女的倒在男的懷裡的時間越來越長，男的讓她站起的動作越來越慢……

我不懂舞蹈，但這快和慢、鬆和緊的節奏，有種莫名的吸力，把我的魂魄吸了過去，附在男舞者身上，帥氣十足把她擁進懷裡。才半年不見，小雛菊長大了，那些原本直硬的線條，都在血肉充滿後有了溫柔的弧線，她的臉龐圓潤，汗濕後閃閃發光，眼睛還是那麼亮，無所畏懼小動物的眼睛。

我輕敲窗玻璃，他們停步看向我。小蝶有幾秒鐘的猶疑，然後她綻開笑顏，跑向我這裡。

在廣州兩個多月，我什麼都不記得，好像走了一些景點，吃了腸粉艇仔粥，在長長隊伍裡跟人擦碰，突來一場驟雨時水漫過腳踝，那個熱鬧的南方大城，不過就是一個夢的場景，夢裡踮著腳尖走來的是丁小蝶，穿著短褲和紅色的人字拖，笑起來像荔枝白肉那麼甜。廣州的風也是甜的，我們像兩個傻瓜，一直為一些無聊的事發笑。她的手又小又軟，太陽穴上的汗珠沿著臉頰下滑，淌向頸脖，流入胸口。她的汗想必也是甜的。我心裡漲滿了，願意此刻就死去。

離開廣州的前一晚，感覺真的就像要死去。我怎麼能跟她分離？彷彿是六歲時，在機場看著爸媽轉過身的那一剎那，彷彿是十八歲時，離家前奶奶抱住了我。我緊緊箍住她，她是那麼柔軟富有彈性，一碰觸就通上電流，我很笨拙，試了幾次才進去，而她一點也不害羞，學舞讓她習於展現肢體美，尤其她專攻的是熱情洋溢的拉丁舞，身體的每一寸都可以傳情……床單潔白，她沒有落紅。她看到我愣愣的神情，溫柔地解釋，很多女舞者都不落紅的，自幼習舞拉筋劈腿的關係。

「你倒記得很清楚！」她冷冷地說。

「而你都忘了。」

「記得又怎麼樣，看你現在怎麼對我？我是囚犯嗎？你這叫愛？」她難受地扭動著。

「不，你不是囚犯，我才是囚犯，我不想折磨你，只要你說實話，我受夠了你的謊言。」

「如果你不是那麼脆弱，我又何必對你說謊？」

3. 五個小時前，葬心之舞

小蝶考上海的舞蹈學校，備取。聽熟人說，如果能拿出五萬元，就能保證錄取。但是去哪裡拿五萬元？我剛考上研究所，只有微薄的工資，一點積蓄也沒有。幸而老家拆遷，奶奶手上有點錢，我編了個理由，說騎車撞了人，住院開刀，醫藥費和賠償金，跟她拿了八萬元。這是奶奶的養老錢，但是爸媽都不在，老房子我不也有份？為了小蝶，一切行為都有充分理由。小蝶才十八歲，我等著她長大，當我的新娘。

我提議她搬過來跟我一起住，她嫌我是合租房，出入不便，在學校附近跟兩個同學一起住，一起上學。小蝶的爸爸雖然願意給她生活費，但上海的開銷顯然遠超過繼母的預算。我給她買最新型的智能手機，買衣服買鞋，放假時，我們把上海周邊都玩遍了。小蝶年輕貪玩，心思活絡，立刻適應了大都會的步調，學會了摩登時尚的生活方式，各種消費各種享受，她來者不拒。帶她出去吃飯，她從不去那種老鴨粉絲小籠生煎的小吃店，喜歡去大餐廳，本幫杭菜川湘滇黔，日本生魚韓國烤肉，尤其是梧桐道上和黃浦江邊的西餐廳，說是情調特別好。她點起菜來從不考慮價錢，冷盤熱炒點了一桌，還有比菜還貴的飲料，勸她幾句，她就嘟起嘴來撒嬌，讓人一點辦法也沒。出行時，她還不愛走路，說跳舞已跳得腳很疼，堅持打車。我們兩人的生活費加在一起，總是到月中就見底，剩下來半個月特別慘澹，速食麵或跟這個那個朋友蹭飯。下個月開始，手頭有錢了，她又拉著我到處玩到處吃。從奶奶那裡拿來的錢，很快就用盡了。

我又跟奶奶伸手，前前後後拿了十五萬元。我沒有如小時候對奶奶承諾的，認真工作掙錢奉養她，我跟她說，我的學業未完，留在上海才有未來，目前的條件，不可能接她來。但我無心讀書，此時的小蝶出落得有如一朵嬌豔的粉紅玫瑰，她把皮膚曬得很黑，顯得眼睛黑白分明更加靈動，笑時一口燦亮貝齒，渾身充滿了甜美的性感，那種誘人清芬，只要一靠近就讓人無法自拔。我的人生走上了另一條路，路標大字寫著丁小蝶，我並不知道踏上這條路便不能回頭，它帶領我去的地方，在已知世界的另一頭。一個我從不知道的我慢慢顯影，我把奶奶丟在老家孤獨一人，最後摔跤骨折住進了敬老院，而我也放棄了研究所的學習，它沒辦法給我所需要的金錢，再讀下去只是浪費時間。我必須尋找能掙錢的工作，我必須滿足小蝶。

我做過幾份工作，都做不久長，因為我的心不定，思緒總是飄向小蝶，想著她在哪裡，在做什麼。她常遇到大大小小的麻煩，被偷被訛或是丟車丟證，一有問題就找我，我總是撇下一切趕去救火。我牢記她各種癖好和習慣，盡可能保證她的舒適愉悅。她就是那朵天下唯一的驕傲的玫瑰，我付出什麼，她只是接受，並未著意表示歡喜或感激，但我已被她馴養。我們的關係在一開始就定了調，我是給予者，她是接收者，小蝶有求於我，正表明了我的不可或缺。每天我發給她許多消息，晚上跟她電話熱線，到了週末，我們就共度良宵。

「什麼時候嫁我呀？」

「你拿什麼娶我？」

我壓在她身上，她的肌膚光滑如絲緞，飽滿的胸乳緊貼我的胸膛，我吸吮她柔軟的唇舌，欲仙欲死。一次又一次，像一個有酒癮的人舉起了杯，像一個挨餓的人面對一桌佳餚，她觸動我內裡最深最大的渴望。

就在我越發離不開越緊緊跟隨時，小蝶開始滑脫了。我撲向她，抱住的只是空氣，她的心在別處，有時流露不耐煩的神情。她說是因為忙碌。曾經，召喚兩心相屬的幸福感只需要默默對望，或是在街上散步時默契地牽起手，後來，我必須靠進入她才能得到那令人眩暈的極樂，再後來，她做愛時體溫不再熾熱，我就像貼著一尾魚或一條蛇般徒勞。我們開始吵架。她威脅要離開我，我忿然答應。但是過不了幾天，怨恨煙消雲散，我想不起為什麼要吵架，心裡充滿了失去她的恐懼。不管是清晨還是深夜，我總是立刻趕到她住處，求她開門，低聲下氣賠罪，直到她投入我的懷裡，說著各種戀愛中人的傻話。我們瘋狂地做愛，喝酒慶祝重獲的幸福，她一醉就抱著我哭，說她愛我，這輩子非我不嫁。

我的工作沒有起色，小蝶的學習卻漸入佳境，受到師長的肯定，還收穫了不少拉丁舞競賽的獎盃，她雄心勃勃，準備在上海的拉丁舞界闖出一片天。她的人緣佳，身邊常圍繞著一群朋友，跟誰都能聊。她越來越能幹，越來越獨立，我們見面的時間也越來越少了。

那個夏天，只要一見面，她說的都是畢業舞展的籌備情形，把一首倫巴的視頻來回播放，研究其中的舞步和情感。這曲倫巴由舞壇明星夫妻檔編創，也是他們最成功的舞目之一，配樂〈葬心〉是電影《阮玲玉》的主題曲，樂聲淒惻，如泣如訴：

蝴蝶兒飛去，心亦不在，淒清長夜誰來拭淚滿腮，是貪點兒依賴，貪一點愛，舊緣該了難了，換滿心哀……千不該，萬不該，芳華怕孤單，林花兒謝了，連心也埋，他日春燕歸來，身何在……

視頻中，穿旗袍的女人，一忽兒在地上掙扎，一忽兒又被拋擲上天，就像個任人擺布的娃娃，許多的托舉和旋轉，她一次次撲向愛人，依依難捨。

青春無憂的小蝶，跳得出這麼沉重的舞蹈嗎？

「等著瞧吧！」她眉毛一挑，兩腿直直伸過來，跨在我腿上，小腿肌肉分明，不是上粗下細直筒筒的蘿蔔腿，更不是一根棍子木渣渣的小鳥腿，而是有弧度曲線的女人腿。她炫耀地抬起拉直，豐實的大腿、弧線分明的小腿和繃直的腳背，優美性感地連成一線。但是我注意到她腿上大片的瘀血，腳掌泛白，皮膚粗糙且正嚴重脫皮，幾根趾頭變形長著雞眼。

「這是勞動人民的腳啊！」

她撇撇嘴，橫了我一眼。「辛苦啊，你還老抱怨我沒時間陪你。」

我跟小蝶一樣期待著畢業舞展。她將在舞台上展現精湛的技藝，完成學業，接下來就是舞蹈老師了。她計畫一方面繼續參賽，打造耀眼的資歷，一方面去舞蹈房上大班課，給學生一對一做私教，帶學生比賽，一個月能有兩、三萬的收入。她那麼雄心勃勃，前途一片光明，我也要振作起來認真工作，再過兩年，我們一定可以在上海建立一個溫暖美滿的家。她不會知道這兩年的等待是多麼煎熬，我屏氣雙手護著這花這蝶，生怕一不留意，花就被人摘走，蝶也飛得無影無蹤。

我把頭臉收拾得乾乾淨淨，穿上最好的襯衣長褲，皮鞋也擦得鋥亮。如果能再高一點就好了，出門前，我在鏡子前端詳，不知是第幾次閃過這個念頭。但這樣的身高配小蝶也還過得去，我這麼想著，愉快地上了地鐵。夜色中，舞蹈學校表演廳著了火般燈火輝煌，我帶著一束花：鮮豔的馬蹄蓮、貴氣的香水百合，還有淡雅的蝴蝶蘭，它們被滿天星和金雀草圍繞，用一張仿英文報的紙張包起，繫著簡單的麻繩，顯得非常洋氣。這束花所費不菲，但我知道，舞台上的小蝶會希望有這束花的，它完全配得起她。於是我挺起胸膛，驕傲地步入表演廳。

我對舞蹈是門外漢，一心只等待小蝶上場。她終於上場了，穿著高叉旗袍，一忽兒在地上掙扎，一忽兒又被拋擲上天，托舉和旋轉，腰胯輕擺，動作那麼柔媚，一次次投向那個修長的男舞者。那個男舞者……我見過，在廣州，舞蹈教室。他們兩人的舞步是那麼纏綿，默契無間，他們的眼神交會，充滿愛意。當然，這只是表演。為什麼我的心一直往下墜？小蝶極少提到她的舞伴，我甚至不知道，舞伴是她中專的同學，兩人一起考到了上海！

我一直以為，過去這兩年，是我在陪伴著小蝶，但或許她的舞伴陪伴得更多？我以為小蝶描述的是我們的未來，但她的事業夥伴並不是我。

上台獻花時，我看到小蝶化了一臉濃妝，粗黑的上下眼線，長翹的假睫毛，銀色的眼影，大紅的唇。她好像在笑，但看不出她是不是高興見到我。她還在急促喘息著，汗水縱橫淋漓，像剛做過愛。她收到許多花束，我的那一束可憐地夾在中間，完全看不見。

之後，我找了那個男的。他倒是很乾脆，沒有否認跟小蝶的曖昧，甚至說戀愛自由，相互吸引的兩個人，有權做進一步的認識，「男未婚女未嫁呀！」我不敢相信世上有這麼無恥的人，準備拂袖而去，他卻說：「認真說來，你才是第三者，我跟小蝶中專就在一起了……」

愛情在聽到那句話時幻滅了，我並不是唯一，是二選一。小蝶的不忠，摧毀了過去兩年多來我所相信的一切，她不過是個貪婪自私的女人，玩弄我於股掌之間。

為了她，我拋下愛我的奶奶，放棄我作為大學教授或出國深造的夢想。初相識時，我是令她傾服的上海大學生，現在呢？我被她遠遠甩在後頭，自尊被無情地踐踏。

我拿頭撞牆，搧自己耳光，恨自己盲目，浪費了最寶貴的感情。小蝶哭著攔我，「你冷靜一點，冷靜下來，我沒有騙你，請你試著理解，這不是什麼選擇題，他是我的舞伴，我們剛拿了那麼好的名次，我不能這時候跟他拆夥，你知道舞蹈對我有多重要！」

我沒有接受她的解釋。她挽留我，只是基於不忍，如果這時我不率先轉身離去，恐怕連她都會看不起我。

「千不該，萬不該，芳華怕孤單……林花兒謝了，連心也埋，他日春燕歸來，身何在……」

我哼著這支曲子，她眼皮顫動。

「你那個舞伴呢？」

她還是不睜開眼睛。

「你那個舞伴呢？」我在她耳邊輕語，有如在說一句情話。當我湊近時，她強烈的氣息讓我差點把嘴貼上她的頰。在這個房間裡八個小時了，沒有晚飯，當然也不會有夜宵，我準備餓她幾頓，但我自己也沒胃口。

「他們會找我的！」她閉著眼睛像在夢囈。自幼習舞，她體能比一般女孩來得好，看起來疲累，但還沒有要投降。「他們知道我來你這兒，不騙你。」

「你是說你的舞伴？或是舞伴們？」我冷笑。

手機都關機了，誰也不能打擾我們，誰也不知道我們在哪裡。這不過就是大上海千百個小區裡的一棟樓的一間小公寓。窗門緊閉，開著空調，她大喊也沒有人會聽見，聽見也沒有人會管，這裡多的是吵架的男女。大馬路上的閒事都沒人管，何況是家務事。此時此刻，不管是愛是恨，我們都只有彼此。

4. 一個小時前，刺青蝴蝶

分手後，我繼續在房地產公司賣房子，接了幾個家教，開始計畫回到學校。我的腦子好使，做事做人都不夠靈活，還是回到書本吧。第一個月在忙碌中過去，如果一想到她，只怨恨自己有眼無珠。第二個月睡得比較好了，體重開始回升，有點沾沾自喜，原來我這麼堅強，原來沒有小蝶也不會怎麼樣。第三個月，我帶客人看房子，闖了一個紅燈，走錯了大樓，談錯了價錢。晚上回到住的地方沖澡，水龍頭一開，老公寓大樓水管咻咻尖厲地叫了幾聲，我聽著那聲音怎麼那麼無告，那麼悲哀，眼淚就下來了。自此以後，水龍頭好像就永遠關不緊了。無來由地，我的淚水便下來了。堂堂一個男人！我真恨自己，但哭聲卻追著我不放。

我又偷偷關注小蝶的微博，去她可能出現的地方徘徊，我又無心工作。我的腦裡充滿了兩個人的對話，一個是理性的我，細數她犯的錯，一個是感性的我，重溫跟小蝶在一起時那種歡快。小蝶或許不是一個專一、體貼的愛人，但她卻能點燃我的激情，讓我整個人活過來。

奶奶讓我過年回去相親。二十四、五歲了，該找對象了，在老家，同學們都結婚生子了。那個姑娘比我小一歲，也是本科畢業，見面時，她跟我聊各種旅遊的事，後來才知道她做東南亞的代購。她有對木瓜般的巨乳，沉甸甸地，坐在桌子對面，感覺就像排放在桌上一般，一張肉餅圓臉，長髮披下來遮掉一半。我為了目睹那對巨乳，為了看到她的整張臉，繼續跟她約會。過完年要回上海的那個晚上，我們約在了賓館。

我真是倒盡胃口了。不是對她，她其實挺可愛，應該說無害，不會去攪動男人的心，讓他變得可悲又可笑。我是對自己倒胃口。為什麼我可以這樣沒有一絲真心誠意跟女孩交往呢？人家找的是結婚對象，我卻在耍流氓。

但是我繼續耍流氓。有人介紹對象，我來者不拒。最靠譜的一次是家教學生的鋼琴老師陳穎兒，福州人，纖細柔雅，戴一副細框眼鏡，笑起來一對虎牙。雨天，我們合撐一把傘，走在法租界的梧桐樹下，晚上，我們去聽免費的室內樂演奏，她告訴我為什麼喜歡舒曼多過於蕭邦。我們一起去植物園和動物園，她喜歡新生的綠葉、綻開的花朵、小動物和大自然。我喜歡聽她訴說生活裡美好的瑣碎，喜歡她純淨信賴的眼神，喜歡她關注並熟記我的癖好和習慣，盡可能保證我的舒適和愉悅。當她纖長有力的十指在我身上彈奏時，我告訴自己，這才是戀愛。

別在意你覺得感激，但不覺得興奮，別多想一切是多麼平靜，小船已經泊進港灣。穎兒的父母邀請我去武夷山品茗，她還幫我介紹了一份像樣的工作，她的舅舅在上海松江有工廠。她簡直是個天使。

有一天，她如常地跟我在街上閒逛，買了一杯珍珠奶茶，插好吸管送到我嘴邊，我突然問她：「你喜歡跳舞嗎？」

「我不會，但是我喜歡看芭蕾。你想看嗎？」

「我有兩張票，國標拉丁舞全國錦標賽，一起去吧！」

在體育館舉行的拉丁舞比賽，我們坐在最前排，舞者們魚貫而入，男的黑衫黑褲長身玉立，女的流蘇亮片裸背光腿。他們在舞池中央光彩奪目，眼神如火，比完一下場，整個人就矮了癱了，臉上只有疲累。我感覺這就是愛情的真相。我必須目不轉睛逼視這殘酷的真相，最後一次確認。丁小蝶換了個舞伴，拿了季軍。舞場上的她，搔首弄姿淫花浪蝶，我冷冷注視著。一年了。穎兒說得沒錯，拉丁舞太俗氣。

去新職報到的前一天，我理了頭髮，換上穎兒幫我挑的西裝襯衫長褲，在鏡前端詳，這時電話響了。我以為是房產仲介或是招攬投資理財，但對方說她叫黛比，是丁小蝶的室友，想跟我見個面。我跟穎兒租了個一室一廳，馬上就要開始新的工作，一切步上正軌，但是我說好，約在人民廣場一家漢堡專賣店。

一個天使般的女朋友，一個有遠景的工作，再加上穿著體面，我覺得自己分外有底氣。但是我早到了足足四十五分鐘，像個白癡似地坐在店裡喝可樂。黛比來了，挑金染紅的大鬈髮，牛仔衣褲鬆糕鞋，露出一截結實的小腹，亮晶晶的臍環。

她開門見山。「我是小蝶的室友，閨蜜，死黨，都是舞蹈學校的。她腳受傷了，挺嚴重的，以後不知道還能不能跳？你去看看她吧……」

我的心抖了抖，不知道是為了小蝶，還是自己？有件事我必須弄清楚。「是小蝶讓你來找我的嗎？」

她轉了轉眼珠子，「要不我怎麼有你的電話？」

「她怎麼不自己打電話？」

「她心情不好，你知道吧？你就這樣把她扔下了，什麼事都不順利，沒錢沒男朋友。」

她說得好像是我的錯，是我背棄了她。

「要我說吧，你是男人，男人就該有個男人樣。小蝶她喜歡的人是你，你怎麼就那麼斤斤計較。我聽她說過你，依我看，你還就是器量比較小，疑心病重。你想想，你沒錢，沒個正經工作，小蝶都願意跟著你，你還信不過她？」

我滿臉通紅，又愧又氣，想一走了之，但想到她說我器量小，便忍住了，問她要吃點什麼？

她一笑，說：「小蝶很多人追的，她卻忘不了你，你要是還有意思，抓緊吧！」站起來一扭一扭地走了。

這算什麼呢？小蝶早就是過去式了，我現在有自己的幸福，能不好好珍惜嗎？再說她那種脾性，這一年來肯定也沒少過男朋友……我拿出手機，給穎兒發了消息，說會晚點回去，我想整理一下思緒。

我從人民廣場一路走，一路想，竟然走到了靜安寺。本來該在這裡搭上地鐵，轉車回家去的，卻又像夢遊一般往華山路走。我一直走，停不下來，左一腳是愛，右一腳是恨，左一腳，右一腳，走出一行足印，歪歪斜斜，時大時小，左右，左右，不知終點在哪裡，最後會停步在哪一隻腳上。一路走到復興西路口，那裡有家開滿串串葡萄般紫藤花的西餐廳，是小蝶喜歡的地方。我沒有忘記小蝶喜歡什麼討厭什麼，我沒有一天忘記過她。

我打車直奔她家。她單腳跳過來投到我懷裡時，就像廣州那一刻的重現，我們緊緊相擁，又哭又笑，無法相信我們竟然會跟對方分開。

沒有我的這一年，小蝶出落得更加性感成熟，也更加不羈。在我細心的照料下，她的腳傷完全康復了。過年時，我把她帶回去見了奶奶。我們約定，不再重提舊事，過去就讓它過去。但是，過去已經在那裡，投下長長的陰影，即使再怎麼笑怎麼鬧，我們各自有太多祕密。

我求索的是小蝶的一顆真心，小蝶再三說她已經給了我，但我懷疑她把心分成了好幾部分，我沒能得到全部。因為這真心的不可得，讓求索更加迫切和無止境。怎麼對自己交代呢，如果我放棄？

我不願去想小蝶在別的男人懷裡的模樣，是不是也那麼性感，那麼嬌嗔，但我卻像有強迫症似地一直想個不停，抱著她時，就突然軟了。小蝶沒說什麼，起身穿衣。過了幾天，再做，這次成了，我放心了。但是下一回，根本硬不起來。

「不想要我哦？」她故作輕鬆。

「怎麼會？太累了……」

我累的時候越來越多。

上海房市有過幾次大熱，我也賺了幾筆。學術生涯就不再想了，現在只想賺錢，買房子娶小蝶。小蝶想跟幾個朋友開舞蹈工作室，問我能不能幫忙籌錢。我把存款都取出來，還跟朋友借了點，全給了小蝶。為了省租金，工作室開在一個雜亂的區域，出入都是下崗的大叔大媽，真的想學好拉丁舞的很少。工作室開了半年就關了。

小蝶卻不氣餒，還是忙進忙出，說會東山再起。她搬出我的公寓，說我們作息時間差太多，住的地方離市中心太遠，還是跟黛比住方便。第一次去她的住處度週末時，她下廚煮義大利麵，還熬了南瓜湯，嘴裡哼著曲子，非常開心。我踱進她的房間，翻開她的棉被，嗅聞枕頭。我拉開衣櫥，檢查她的衣物。我打開她的手飾盒，裡頭多了幾個戒指和項鍊，從未見她戴過。床頭櫃裡有全新未開封的安全套。我手再往裡探，那裡有幾個散落的杜蕾斯。我拿起她的手機，苦於沒有密碼。手機響了，螢幕顯示Jack。我揿下接通鍵，聽到一聲低沉的「小蝶，在幹嘛呀？」我屏住呼吸。對方又說：「想我了沒？又生氣了……」我掛了電話。

小蝶的廚藝不錯，擺盤很講究，桌上還有一瓶澳洲進口紅酒，配兩個高腳杯。我在手機上查了一下，定價八百元。現在喝得起八百元的紅酒了。

「賢慧！什麼時候嫁我？」

「哎呀，成家要先立業嘛，我會嫁給你的，領證不過就是幾分鐘的事。」

我不知道她怎麼做到的。怎麼能又做飯給我吃，又跟別人在一起？如果她不愛我，可以提分手，但是她卻口口聲聲說要嫁的人是我，等一下上床，她還要如癡如醉地吸吮我取悅我！

我想著各種惡毒的方式報復她。拍她裸照，發給她的學生，讓她在上海拉丁圈混不下去，不，讓她在互聯網遍布的中國，再也別想平靜地生活。我拚命灌她酒，她喝了大半瓶，把她抱起往床上一扔，她還在笑，自己脫得只剩一條內褲。我跪在床上看她，她閉上眼睛，久久，睜開，疑惑地看著我：「怎麼，哭了？」

「不要對我撒謊。你可以跟我分手，但是不要騙我。」

她坐起來，把恤衫慢慢套上。

「你是不是還有別人？」

小蝶看著我。

「我不會生氣，也不會罵你，你坦白告訴我吧。」

小蝶舔了舔嘴唇，眉心一皺，突然流下淚來，哽咽地說：「我也不知道自己到底是怎麼了，我是真的愛你，可是，可是我又會被別人吸引，就是想知道到底是什麼樣子，每個人都是不一樣的……」她拉住我的手，「你不要跟我分手，我真的是……愛你的。」

我擦乾眼淚，「那今天就說明白了，過去的我可以不管，但是從今天起，你丁小蝶認定我是你唯一的男人，你可以跟我分手，但是千萬不要腳踏兩隻船。」

隔天，我們攜手去了一家刺青店，小蝶在她的頸窩上刺了我名字拼音的縮寫。

我告訴自己，如果這一次她再花心，我會毀了她，只有毀了她，才能停止這折磨人的愛。

「那個鋼琴老師呢？你怎麼不回去找她？估計都嫁人了吧？你對她那麼狠……」

她的話戳中我的痛處，我猛然探手抓去，她本能地一躲，但我只是撩起她的頭髮，食指按在那個我簽名宣稱擁有的刺青上，然後移到頸動脈，感覺她急促的心跳。

「我要尿尿。」她痛苦地說，「要尿出來了。」

「那你就尿出來吧，反正你不要臉。」

一顆眼淚猝不及防落下，「你說了這麼多，問了這麼多，對你有什麼好處？沒錯，我是不要臉，因為我活著，我有感覺，天啊，我還年輕，我愛，我愛很多人，你也可以去愛別人，我從來沒有攔著你！」

「你是說做愛嗎？別把做愛跟愛混為一談。」

她的眼光猛然發直，然後是水流到地的聲音，淅瀝淅瀝，室內一時濃濃的尿臊味。

她突然嚎叫起來：「你有病，你變態！趕快放了我，不然我跟你同歸於盡！」

「想死，是嗎？」我從口袋裡掏出一張預訂單。生命寶石。我跟她解釋，美國的公司，三百克的骨灰，可以在高溫高壓下做出一顆鑽石，據說心臟重量差不多就是三百克，但是燒成灰後可能就不夠了。我攤開那張訂單，上面清楚寫著我在兩個星期前付了訂金，選了黃鑽，取骨灰的日期就是明天。

之後，我們陷入長長的沉默。

5. 一個小時後，生命寶石

我突然渾身一顫，醒來。小蝶在椅子上垂著頭一動不動，整個人像脫水嚴重即將枯萎的花。她是不是已經死了？難道我在神智不清時，動手殺了她？

我過去摸她，身體是溫暖的，探她鼻息，她睡著了。她的手和腳都被勒出紫紅色的印子，血氣堵塞皮膚泛白，但她正熟睡著。她比我想像的堅強。

我已經二十八歲了，活成現在這個樣子，可憎可厭卻又欲振乏力。我試過好幾次，怎麼樣也無法掙脫小蝶的魔咒，有時覺得已經不愛了，找不到一點點愛意，就像遍地焦土，沒有生命的跡象，但是那愛意卻能反撲，春風一吹萬物瘋長，在沒有絲毫防備時突然攫住我，我只能束手就擒。總是有那麼一絲微弱的盼望，她會在轉角處停步，回頭。她一次又一次花心背叛，簡直讓我不知如何愛她；建立在謊言的基礎上，真情也成了虛假。我們就這樣過了七年，我以為只能這樣，直到奶奶突然走了。

接到敬老院的通知時，我整個人都懵了。是的，奶奶年紀大了，身體也不好，但我沒想到她會死，會在我還未能奉養她的時候撒手而去。她等不及了，我這個心肝寶貝孫讓她等得太久了。我為什麼不能回到家鄉跟奶奶相守呢？因為我要留在上海，守護一個花心的女人。我為什麼沒能讀出博士，讓奶奶臉面有光，因為我忙著賺錢給小蝶花。奶奶才是最愛我的人啊！我在奶奶靈前長跪痛哭。

靈前的白燭搖曳，習俗要守七日夜的喪，現在只是在殯儀館裡簡單設靈位，一束鮮花，一摞金紙，一把線香。我喃喃跟奶奶說著話，那些連自己都不敢承認的話。我說，奶奶，小蝶您記得吧，您說她長得挺甜，我答應要趕緊娶了她，給您添個曾孫。實話告訴您，這個女人我可能娶不了，她不屬於我，從沒屬於過我。現在我真的是孤零零一個人了，真的是孤兒了，爸媽不要我，小蝶不要我，怎麼您也不要我了？奶奶……我哭我所有的欠缺，所有的不可得，我哭我的自私，我的強求。

那個晚上，我睡在行軍床上，半夜下身一陣溫熱，竟然尿床了。小時候老尿床，奶奶換褲子時，會輕輕打我屁股一記，與其說是懲罰，不如說是疼惜。奶奶對我，從來不會真的生氣。如果真的愛一個人，是沒法生他氣的，氣也氣不久長，只能接受現實。

小蝶說她從未攔著我去愛別人。的確。我們愛的方式太不一樣了，她是到處吸蜜的花蝴蝶，是吹遍東西南北的野風，盡情體驗和享受人生，我卻沉實如樹，不移不動，恪守愛情的古老信條。我們相互吸引，但不合適當戀人，勉強在一起，只會像旋風般拉扯著對方下墜。

空調好像停止了運作，房間裡空氣汙濁，我打開窗，讓早晨的空氣和陽光透進來。該做個了斷了，這次，是永別。我解開小蝶身上的繩索，她軟綿綿靠著我，放倒床上，她頭一偏，沒有醒。她倒是放心呼呼大睡，不信我會殺她。南方男人不具備殺人的能力？不，誰都可以殺人。事實上，她用她那種不經意的花心，已經讓我死過幾次了。或是，我已經殺死自己數回了。

我到客廳抽了支菸，思索該如何動手。

我把浴缸的熱水打開，浴室裡很快就白煙騰騰水氣氤氳，就像廣州那個濕熱的夏天。小蝶在床上舒展著四肢，骯髒的衣褲玷汙了乾淨的床單。我一直是個有點潔癖的男人。我三兩下把自己脫得精光，然後剝她衣服。她睜開眼睛，茫然的眼神幾秒鐘後突然聚焦，開始掙扎，想要掙脫我的手。

「你想幹嘛？不要，我不要！」

「最後一次了。」

我一把抱起她，踢開浴室門，把她沉進水裡，她尖厲地慘叫，宛如匕首已經刺進心臟。水很燙，那是當然的，必須燙，我們需要大清洗。我隨後進了浴缸，抱住她一起躺下。

「求求你，求求你……」

「噓！」

我緊抱這個我深愛過的女人，一起熬受著滾燙的熱水。沒吃沒睡，再加上這樣燙皮的熱水，感覺快要撐不下去，快要休克了。小蝶也一樣，她潮紅的臉色開始轉白，冷汗涔涔，但我沒有鬆手，她也沒有再掙扎。就這樣，一起死一回吧！

似乎看見，一隻蝴蝶翩翩向我飛來，沾我的手背，沾我的鼻頭……似乎看見，奶奶骨灰做成的生命寶石，在眼前閃耀黃瑩瑩的光……

神智恢復時，水溫已經可以忍受了，我抬腳看，燙得又紅又腫。小蝶的頭髮散如水草，她也舉起腳，習慣性地繃緊腳背。水溫就是體溫，不分彼此，我們沒有說話，繼續緊貼著，像親人一樣。等到水變涼，我們出了這浴缸，就不再有愛，也沒有了恨，誰也不欠誰。

另一種生活

都要中年了。逐漸脫去水分的容顏，逐漸僵化的關節，逐漸寂寥的心境。有時竟什麼都不想要，失去了追求的欲望，只是在一個慣性運作的軌道上……接下來呢？她已經用了半輩子去證明在職場上的才幹，但她應該還有更多，更多的潛力要開發，更多的角色可以扮演。應該可以過另一種生活。

您最好在七點半前趕到虹橋火車站，拿台胞證先去出發層取票，票上有閘口號碼，八點十六分的高鐵，車開前三分鐘閘口關閉，切記！

老總祕書艾娃昨晚九點多打電話來，說廈門颳颱風，今天的班機全部取消，臨時改買高鐵票，下午兩點多能到，勉強可以趕上三點半的開幕茶會。

她向來討厭早起，從小就如此，大學時期的早課總是上不了，出差沒商量，她在手機上設了鬧鐘，七點半趕到火車站，最晚六點一刻也得起床了。但是當她趕到車站時，已經快八點了，上海虹橋火車站龐大複雜如迷宮，密集的商店、多個出入口和電梯，挑高的大廳裡人潮洶湧，她從地鐵口出來後，費了一番功夫才摸到取票窗口，而這裡正大排長龍。有身分證的人，網上訂好票，直接刷身分證過閘口，而她必須拿著草綠色的台胞證去取票。她站在隊伍最末一個，心跳開始加速，右手拉著小皮箱，左手握成一個拳頭，嘴唇微微顫抖。她察覺這緊張，提醒自己，鎮定，深呼吸，即使這是一個無論如何都不能缺席的活動，但她的心跳繼續加速，右下眼皮開始不可克制地顫動。似乎年紀越大，越容易緊張，她還記得當年到上海時的無所畏懼。或許當初她只需對自己負責，而現在要對整個營銷部門負責。

刷票快步通過閘口，她提著行李箱，抓緊公事包，踏上電扶梯，腳不稍停直到月台。車廂在另一頭，她深吸一口氣，再次狂奔……下一秒鐘吧，下一秒她將重重跌倒在地，公事包滾落鐵軌，小皮箱裡的套裝和化妝品散落，整個的灰頭土臉，而車廂裡的男男女女面無表情看著她。不值得同情，這個女人，注定趕不上車。

你應該過另一種生活……有人在耳邊說。

她不敢分神去看是誰在說話，此時列車員已經在向她揮手，示意她就近上車。是啊，為什麼她非要到自己的車廂上車呢？先上車再走過去也是可以的，至少不用跑得這麼狼狽。她上了車，走過兩個長長的車廂，來到自己的座位，此時車子啟動了，很快地加速，一小時三百公里往前疾馳。一排三座，她的是窗位，另外兩個沒人。她把行李箱放到頂上的架子，坐下來拉開小桌板，放好公事包和皮包，初春的微寒天氣，她卻出了一身汗。把外套脫了往旁邊座位一放，長長吁了口氣。還好，趕上車了！掏出紙巾拭了拭臉上的汗。早上來不及化妝，快到站時再說吧，有六個多小時呢！想到這麼長的旅程，獨自一人，像偷得浮生半日閒。有多久了，她不曾有這樣的奢侈，可以不做什麼只是長時間地發呆。嚴格來說，也不是不做什麼，她正以一小時三百公里的速度向目的地飛奔而去呢！她心情突然開朗，饒有興味地四處打量。

原以為自己是最後一個上車的旅客，此時卻見一個年輕媽媽往這裡走來，懷裡抱一個捂著天藍色毛巾被的嬰孩，手裡提著個大包，一個小女孩緊跟在後。車廂裡的空位不多了，她下意識把隔座上的外套拿起來。年輕媽媽果然在她這裡停步，喊著後面的女孩：「就這裡，進去，坐好。」然後自己也在女孩身邊坐下來，一個大包和一個嬰孩，擠在一起。

「我幫你把包放上面吧？」

「啊？不用不用，我就放這裡。」那女人把女孩座前的小桌板拉下，放上大包，讓女孩也把背上那個小書包取下，就放在大包上面。女人長得敦實，一張平扁的圓臉，內雙的眼睛，小圓鼻頭上冒著汗珠，嘴唇很厚，人中部位的汗毛很長，一頭染成黃棕色的長髮用個紅髮圈束起來，髮際冒出的黑髮已經三四公分長了。一坐定，就去看懷裡的寶寶，寶寶緊閉眼睛熟睡著，她掏出一條鵝黃色的小毛巾，輕輕拭去寶寶嘴角的口涎。所有關於這個媽媽的穿著和神情，都有種歲月的勞損痕跡，但是關於寶寶的一切，不論是身上的衣物和蓋被，那條擦口涎的毛巾，都是嶄新鮮嫩，更不用說寶寶那粉嫩嫩紅撲撲的小臉蛋，一切剛剛開始。才開放生二胎，這年輕媽媽可真會抓住機會。

「媽？」女孩叫，那媽媽看著寶寶，恍若未聞。女孩嘟著小紅嘴，眼睛不大，但睫毛又長又翹，皮膚白淨透著紅暈，頭髮隨意梳成兩條辮子，上頭散夾著幾個五顏六色的夾子，幾絡髮絲拂在圓圓的臉蛋上。

「媽！」她大聲喊。

「噓，小聲點，弟弟睡覺呢！」

「媽，」女孩耳語般用氣音說，「我要吃餅乾。」

「你才吃過飯糰，吃什麼餅乾？」

「你說上車給我買餅乾的。」

「要等人家來賣，你看到有人賣嗎？」媽媽不耐煩地說。

「等人家來賣？」

「對的，你乖一點，書包裡有故事書。」

「我要玩手機。」

「手機沒電了。」

年輕媽媽把寶寶的蓋被掀開一角，大概是怕孩子熱，又不敢整個掀開，怕睡覺著涼，嘴裡儘管應付著女兒的要求，眼睛從未離開過懷裡的寶寶。

她旁觀著這一切，同情起身邊這個女孩了。「小妹妹，你幾歲了？」

女孩看著她，眼睛黑白分明，眼神專注，好像要把她給牢牢記住。

「阿姨問你幾歲了？」媽媽替女兒答話，「四歲了，小燕四歲了。」

「我四歲了。」小燕伸出四根肥肥短短像小筍尖的指頭，腦袋瓜一歪，可愛的模樣把她逗笑了。

那個媽媽看她和氣不搭架子，便跟她聊起來。帶孩子回外婆家呢，夫妻兩人在上海開了一家小小的閩南粥鋪，女兒去年才從外婆家帶回來身邊，因為外婆身體不好了，照顧起來吃力，他們幾年下來也掙了點錢，想著把女兒留在身邊，在上海長大多好。但是不久後就懷上了，生下來是個男孩，家裡人都高興得不得了，可是這麼一來，她可真是忙不過來了。

「那小燕又要回去跟外婆住了？」

「不然怎麼辦？」年輕媽媽看了女兒一眼，小燕面無表情，似乎不懂大人正在談論她的未來，「這孩子都被老人寵壞了，要這個要那個，不聽話。」

年輕媽媽此時的抱怨，不過是藉口吧，選擇兒子、犧牲女兒的藉口。媽媽的心明顯都在新生寶寶上了，並沒有因為要跟女兒分離，給予她更多關愛。

「我媽身體不好，癌。」年輕媽媽聳起鼻子用力吸了口氣，像是對命運不滿，又像是無奈認命，這麼一吸，擠出很多條皺紋，神情看起來也不年輕了。她發現幾乎所有當了媽媽的女人，突然間內裡就硬了，可以跟命運對著幹。婚姻和孩子要求她們腳踏實地，原先女孩那種溫柔作夢的神情被務實精明取代。她明年就四十了，但臉上還保有一種女孩的神情，敏感執拗，喜嗔分明，感覺比真實年齡年輕許多。她自詡維持著年輕時對待世界的一種姿態，沒有被改變多少。

年輕媽媽操著閩南口音說著老人的病、上海的小店、店租費怎麼節節升高，將來還是得回老家等等，她點著頭。這個陌生人的世界，跟她的差別太大了，起不了共鳴也無法參照。在上海，一般只跟自己圈子裡的人交流，誰會去關心開粥鋪的外地女人有什麼悲辛，僅有的可能交會不過是買碗粥，但她又不去那種地方消費。但此刻，在這個一時哪裡也去不了的車廂，因著對小女孩的同情，還有一種偷得浮生半日閒的度假心情，她耐心聽著陌生人的故事。

「阿姨！」小燕扯她的袖子，「你也要去外婆家？」

「哦，不，我要去，去找朋友玩。」

年輕媽媽問她去哪裡？做什麼的？她簡單說自己是代表公司去廈門參加活動，

公司專做各種材質的高檔茶葉罐，跟台灣、福建有很多生意往來。

「你是台灣人？」

她一愣，沒想到這個「鄉下人」竟然猜中她的身分。年輕媽媽笑了，說她們老家也是講閩南話，在台灣有遠親，以後也想去台灣玩。

「你孩子多大了？」

她又一愣。這是個很普通的問題，女人到了某個年齡就會面臨。但是在她的圈子裡，早就沒人問了。她所有的心痛和皺紋是因為工作，不是因為親密愛人。

「沒孩子？」

「沒有。」

「我表姊也沒有，結婚五年了都沒有。」年輕媽媽盯著她看，「我表姊想孩子哦，路上看到別人家的孩子都想抱想親。」

「有的女人特別喜歡當媽媽。」

「她每次看到我家小燕，抱著就不放，我懷了老二後，她就說，把小燕給我吧！其實，讓孩子跟我表姊過也可以的，我表姊夫自己有茶園。」年輕媽媽看女兒一眼，小燕正趴在阿姨膝頭上看窗外的風景，一半身體的重量壓在阿姨身上。「這孩子跟你投緣呢！」

她向來不是有孩子緣的那種，缺乏母性，她自己覺得。看到別人的孩子再怎麼可愛，也不會想親近。結不結婚，我也不管你了，但是你就當不成媽媽了，到時候可別後悔。媽媽這麼跟她說過，她嗤之以鼻。女人又不是一定要當媽媽。

到現在，她也不能說自己後悔，只是走了一條不同的路。每條路上的女人都在哭著笑著喊著，寂寞或空虛，為著不同的理由。她有過很好的日子，當別的女人在柴米油鹽尿片裡漸漸磨損，吵著要先生多一點的注意力，她的事業節節攀升，工作肯定了她的智慧和能力、她存在的價值。旅行、靈修和充電，投資理財，慢跑做瑜伽，屋裡永遠有她喜愛的花草和音樂，週末無事時，躺在沙發上敷玫瑰補水面膜，把生活安排得井井有條。男人其實也不缺，至少在三十五歲之前。後來倒也不是因為青春漸逝，而是合適的約會對象越來越稀缺，結婚了，或是自慚形穢不敢追求。那些情焰火花變得零落，最終安靜下來，她習慣了一個人，跟她的筆電約會。

都要中年了。逐漸脫去水分的容顏，逐漸僵化的關節，逐漸寂寥的心境。有時竟什麼都不想要，失去了追求的欲望，只是在一個慣性運作的軌道上，就像走在跑步機上，不敢稍停但哪裡也去不了。接下來呢？她已經用了半輩子去證明在職場上的才幹，但她應該還有更多，更多的潛力要開發，更多的角色可以扮演。應該可以過另一種生活。

「姊，你多大年紀了？怎麼就不想生一個？」

她苦笑搖頭。「不生了，老了。」當年拿掉的那個，是男是女？如果留下來，幾歲了……

「可以領養嘛，我要有你這種條件，我還生，說真的，孩子投胎也要看運氣，投對了，一輩子好命……」

「餅乾，餅乾！」女孩突然叫起來，列車員推著一個小車過來了，叫賣零食和涼水。

「別吵，看把弟弟吵醒了！」

「我要餅乾！」女孩帶著哭腔喊。

列車員舉起兩條餅乾，一條是奶鹽蘇打，一條是巧克力夾心，「要嗎？」

她掏出錢包，「給我一條巧克力夾心吧！再給我一瓶水。」打開餅乾包裝袋，遞給了女孩。

「跟阿姨說謝謝啊！」

「阿姨謝謝。」女孩甜甜地說，心滿意足。

她也拈了一塊，記起自己早餐沒來得及吃。

女孩吃了半條餅乾，剩下的收到小書包裡，從書包裡扯出一本圖畫書，塞給了她。

那是一本翻爛的圖畫書，皮開肉綻，還有一些摺角。「美人魚。」她開始輕聲讀起故事，小女孩聚精會神聽，有時還湊過頭來看插圖。她講完美人魚沒能跟深愛的王子相守，變成一串氣泡飛上天去。

「還要。」

於是她又講了一遍。她不知道女孩是否真能了解這樣為愛犧牲的故事，美人魚好可憐，這是她從小的印象，現在她覺得，美人魚勇敢地作出選擇，對生命中的優劣順序非常確定。

讀完三遍，她停下來喝水，小女孩睜著亮晶晶的眼睛看著她，她們已經是好朋友了。小燕喜歡住在外婆家嗎？她沒問，只是跟著女孩一起看窗外飛逝的田野。牛！女孩說，花！房子……窗外的事物閃現如電，才剛要說出它們的名字，已經消失了，女孩怔怔看著眼前不斷流動卻又相似的景色。她似乎比同齡的孩子來得話少。也許，不識字的外婆沒能給她最好的啟蒙教育，也許忙著打工掙錢懷二胎的父母沒能花時間陪伴她。有時車子會進站停靠，僅兩分鐘的時間供乘客上下，那暫停的兩分鐘是如此寶貴，她們細細搜尋這停格的畫面，看月台，站台上的人以及遠處的風景。她覺得這次搭高鐵去廈門是因禍得福，緊密的行程被拉鬆、拉長，她也得以放慢、放開。是的，心的某個部分正緩緩張開，像曇花在夜裡終於打開那緊鎖的花苞。

寶寶不知何時醒了，年輕媽媽把身體側向窗這頭，解開衣服餵奶，脹大的乳房皮膚被繃得很薄，暴突著一條條青色筋脈，寶寶一含住暗棕色的乳頭，便閉上眼睛用力吸吮，額頭慢慢冒出汗，頭髮漸漸濕了。「唉，每兩個小時就要吃一次。」年輕媽媽迎向她的眼光，一種甜蜜的抱怨。這時，彷彿感到被冷落了，小女孩悄悄依偎過來，靠著她，她很自然地摟住，她們看起來就像一對母女。她把女孩的髮辮打散，重新編起來，她還記得怎麼編辮子。女孩的頭髮少且滑，她手上不敢使勁怕弄痛孩子，最後編成一條，把各色髮夾夾上，像一隻隻小蝴蝶停在頭上。

餵完奶，年輕媽媽把孩子抱起，「我去給孩子換個尿布。」就這樣把行李和女兒都託付給她，她也覺得責無旁貸。

如此到了中午，她買了鐵路局盒飯，給女孩買了一個冰淇淋，年輕媽媽從大包裡拿出一袋包子和切好的水果，就像一家人一樣吃起來。吃完，輪流去上了一趟廁所。這時下起雨來了，雨水一沾上車窗就快速向後移動散開。廈門已經是風狂雨驟了吧？

小燕靠在她身上睡著了，整個身體柔軟又沉實，完全的信賴。久違了這種被依賴被愛的感覺，她心裡一動。她不需要另一趟異國旅遊，另一個新款名牌包，另一張訂單和加薪。她曾經從這些東西裡得到真正的快樂嗎？越來越濃，不被時間稀釋，能累積、有延續性的快樂？年輕的時候她不懂，別人都說這些重要。每個人要的東西不一樣，一張面膜無法適合每張臉，不是眼洞太開，就是鼻梁太短或人中太長。湊合，大家都在湊合。每個人應該能要不一樣的東西。

她想起那個。短暫寄居腹中，她不加猶豫就捨棄的那個。多少年了不曾想起，也沒有悔恨，不過就是一個意外。如果當初接受了這個意外，她就是個媽媽了，在另一條路上哭著笑著喊著，為一個人，不是一份工作。

她把自己的外套蓋到女孩身上，頭輕輕靠著女孩的額頭，那裡很溫暖。她打了個呵欠，今天起得太早了……

你應該過另一種生活。

她連忙抬眼，年輕媽媽臉上帶著莫測高深的笑。

你，你說什麼？

孩子給你吧。

給我？

你會給孩子過好日子的。帶回台灣吧，以後，我去台灣看你們。

怎麼可以呢？

這時，小燕從她身上抬起頭，黑白分明的眼睛盯著她，裡頭是兩團漩渦：媽媽！

她正想說什麼，有個男人在叫喚。

「這位女士！」

她抬頭。

「票看一下。」是列車長，查票。

她手忙腳亂到處摸，最後終於在外套口袋裡摸出票，小燕蓋著她的外套睡得正甜，列車長看了女孩一眼，走過去了。高鐵上，一個大人可以帶一個免票的小孩。

但是，那個年輕媽媽和寶寶呢？他們沒在座位上，小桌板上只有女孩的小書包，大包包不見了。

有可能只是去上廁所吧？她想，但需要把大包包也帶走嗎？五分鐘過去，或是更久，她覺得是更久，有點坐不住。她想去廁所看一下，廁所在車廂的盡頭，但是身上壓著一個孩子，三十斤吧，至少。再等了十分鐘，人還是沒回來，她的心開始急跳，左手習慣性地握成一個拳頭，嘴唇微微顫抖。她做幾個深呼吸，希望避免等一下右眼皮不可克制的顫動，那會讓她看起來很可笑。回想跟年輕媽媽的交談，她未存戒心，其實對方不是她以為的鄉下人。一眼就看出她是台灣人，跟她暗示孩子要給人，一路上任女兒跟她親熱，看準了她可以給孩子更好的一切。

她的教養絕不允許她把孩子就丟在車上，何況所有的人都以為她們是母女，包括售貨列車員和查票列車長。她可以報警。報警，筆錄，她的身分是不是會讓事情更說不清？三點半的開幕茶會去不了了，那是這一趟迢迢路程的目的。

真的能把小燕帶回去，當作自己的女兒嗎？讓小燕忘記那個狠心的親媽，應該不會太難。身分問題解決後，順理成章跳到另一條軌道上，她也許會是個好媽媽……這樣想著時，身上的小燕卻越來越沉了，她的手臂已經痠麻。「每兩個小時就要吃一次」，無止境的重複和索取，沉重的包袱，黑白漩渦，無底洞……她看到自己抱著女孩踉踉蹌蹌走進開幕茶會會場，所有貴賓冷眼看她。不值得同情，這個女人，傻到在火車上接收一個孩子。

她突然覺得女孩那樣把全身重量壓在她身上，強行把自己交託給她，其實是一種無賴的行為，一種無法忍受的糾纏。她把外套掀開，搖醒女孩，「小燕，小燕！」

女孩睜開眼睛，全身軟綿綿。

「媽媽呢？你知道媽媽去哪裡了嗎？外婆家在哪裡？哪一站下車？」

女孩被她連珠砲的發問和嚴肅的臉色嚇住了，嘴巴嚅動著，半晌吐出一聲猶疑的「媽媽？」

「別叫我媽媽，我不是你媽媽！」

但女孩不是叫她，女孩叫的是親媽。「媽媽，我要媽媽……」有幾個乘客轉過頭來看她們。好了，這下子她成了拐賣人口的了。她把皮包背起，使勁抱起女孩，女孩真的很沉，她緊緊抱住往車廂盡頭走去。一間廁所拉門上顯示無人。她手一軟，女孩險些滑落。

另一間廁所有人，她等著。不可能吧，就這樣把孩子丟給一個陌生人？如果沒有，她要往另一節車廂的廁所去找，要請列車長幫忙找，只要他們還沒下車！這狹側的通道上站著兩個男人，一個男人背著背包，一個腳邊有行李箱，各自低頭滑手機。為什麼不在座位上，卻站在廁所外滑手機呢？她突然了悟，是逃票！沒買夠票程又不想補票，或是買了動車票，卻上了較昂貴的高鐵……廁所門開了，出來一個老先生，顫悠悠地扶著車廂走。

回到座位，小燕扁扁嘴又哭了，她以為阿姨是帶她去找媽媽，可是媽媽呢？過去幾個小時這一大一小建立起的信任和情誼瞬間瓦解了，兩人不過是擦肩而過的陌生人。孩子總是容易信任，也容易遺忘。

她把小燕攬進懷裡，抹乾她眼角的淚水。「不哭哦，媽媽馬上回來了。」

小燕掙脫她的懷抱，跳下座位，「媽媽！」

果然，是年輕媽媽抱著寶寶，提著大包過來了，小燕委屈地投進媽媽懷裡。「你去哪裡了？」

「你睡著了嘛，阿姨也在睡覺，我想就不吵你們了。弟弟吐奶了，吐得一身，我只好帶他去換衣服，餐車那裡空間大，我在那裡。」

是逃票，換衣服，還是想把孩子送人卻又後悔？是錯過了當媽媽的機會，窺見了自己最真實的渴望，還是命運之神的一場嘲弄？她一時沒有答案。

「我以為你走掉了……」小燕又哭了，這次哭得更凶。她能理解這哭泣，被媽媽遺棄的感覺，在弟弟出生後就揮之不去，大人又說著要把她交給外婆、送給別人。旅程在未經同意之下，輕率被更改，誰受得了？姊姊哭得傷心，弟弟卻笑了，張開無牙的嘴，粉紅的牙齦和舌頭，那麼新鮮柔嫩，像世界的混沌初始，另一種生活的可能性，無限種生活的可能性，就在那裡。

跟神仙借房子

每天醒來，他都更像這個房子的主人。就像選擇了遊戲裡的一個角色，代入一點都不困難。每一天，他離漢斯更近一點，就離姚睿更遠一點。他不再跟小姨、媽媽和老哈發微信，他正經歷著不被理解的好事，不知如何跟他們解釋……變成另一個人，擁有不曾擁有的能力和裝備，是多麼神奇。

不屬於你的東西，你是無權給予他人的。他聽老哈說過，只有在給予某樣事物時，你才能證明你擁有它。所以，那些樂善好施的人，是不是擁有很多？而像他這樣不曾讓渡什麼給人的，是不是一無所有？

姚睿，十九歲，高中畢，一無所有。

他在一張廣告紙的背面，鄭重寫下這行字，幾秒鐘後又把高中畢劃掉。在學校沒學到什麼，學歷也沒能幫他找到任何工作。你這孩子不笨呀，就是不願意學習。這是從小到大老師給的評語。上個星期他從老家來到上海普陀區小姨的家，大家都說上海的機會多。

上海人把租房子說成借房子，小姨的家當然也是借來的。每一年春節看到小姨，總要聽她跟媽媽抱怨上海的房租漲得簡直是不像話，她成了替房東打工了。如果早幾年湊錢買個房子就好了，那時的房子才多少錢啊！買了的人都賺了，沒有買的人只好替房東打工了。

小姨二十來歲來上海，做清潔工，一做二十年，手上幾家多年老主顧，錢掙得很多。每年春節雇主們給豐厚的紅包，讓她過了元宵才返工，確保小姨不會跳槽。小姨回家總是風風光光，大包小包給他們帶禮物。他的第一雙氣墊球鞋就是她給買的，穿到鞋底開口才扔。小姨在上海住了那麼多年，整個人洋氣許多，頭髮染成黃棕色束在腦後，穿尖頭高跟鞋，窄腳褲，長至大腿的毛衣。講話不像姑姨們大嗓門，遇到事也不一驚一乍的，像鞭炮一點就爆，而且竟然還能秀幾句沒人聽得懂的滬語、英語和日語。

他最喜歡聽小姨講上海的故事，上海就像那雙好牌子的氣墊球鞋，踩著能跳得更高，跑得更快。穿上了來自上海的球鞋，他就像有了神仙法器，能夠自如縱躍於摩天大樓之間，潛入都會最私密的神祕角落，上天入地無所不能。姚睿輕易可以看到自己衣帶翻飛風姿颯爽，腳踏祥雲瞬間萬里，在狂追仙俠故事多年後，他善於想像和代入，尤其是對一個四海八荒的仰望之地、輝煌如仙宮的大上海。

媽媽做過幾年小學老師，小姨去上海給人打掃衛生，她總說這個妹妹學習不上心，成績太差，幹不了別的事。但是，學習不好的妹妹掙錢多，卻也是不爭的事實。那年老家翻修，舅舅讓大家拿錢，她說嫁出去的女兒沒有拿錢給娘家修房的道理，何況自家的房子也早該翻整了，廚房滲水那麼嚴重，泥地灰牆，當初蓋房子錢不夠，什麼都只做了一半，另一半恐怕永遠也做不了……結果小姨二話不說拿了一萬塊出來。媽媽和二姨媽因此背地裡抱怨小姨，但是當面更巴結了。對有錢親人的巴結，倒也不是真的為了日後沾光借貸，而是對財富一種普遍的敬畏。這道理連他都懂。在上海一住二十多年的小姨，可以說是修成正果，脫卻凡人之身了。

離家時，媽媽皺著眉頭讓他帶了一袋炒花生、醃蘿蔔乾，還有特產香麻油。媽媽習慣性皺眉頭，眉心早早刻下深溝，睡覺時眉頭也不舒展，因為糟心的事太多。她主張姚睿去上海投靠小姨，小姨沒生養，一直就特別疼他。她語重心長交代：你好歹也讀了這麼多書，去上海不要給你小姨添麻煩，好好找份事做。他唔唔答應，沒從手機抬頭，媽媽提高嗓門又說，不敢想著你孝敬，你自己的手機費、吃飯錢，總要掙出來吧，別像在家裡這麼懶。

他又怎麼懶了？指的是他不上學也不掙錢，成天就是四處閒晃，日子過得毫無意義？人很多時候都在做著別人看來毫無意義的事：媽媽對著鏡子拔白頭髮，爸爸聞自己脫下的臭襪子，阿姨抱怨婆婆做飯難吃，小雞以為自己是遊戲世界裡的一代妖姬，而他習慣在紙上描著仙人圖，寫幾行警句雋語，沒事跟老哈閒磕牙。

老哈是他的「忘年之交」。那時才讀初中，下課後常去網吧，老哈那個小雜貨店就在網吧對面，他跟朋友們在店裡買飲料，熟了以後，老哈願意讓他賒欠，只願意讓他一個。老哈在昏暗的櫃檯後面，擺了個小檯燈，一個高椅，沒有客人時就在那裡看書，什麼書都看，最常看的是棋譜和武俠，他常說從棋盤和江湖學到了人世顛撲不破的真理。什麼真理呢？老哈面露神祕微笑，兩片焦乾的厚唇咧開來，秀出參差的暴牙：你年紀太小，說了你也不懂。

跟老哈待在一起時，老哈翻書，他滑手機，但有時老哈會突然抬頭說話，那些話沒頭沒腦，例如那個什麼給予和擁有的關係。你給出去，不就沒有了嗎？給的動作是在宣稱擁有權，還是宣稱不擁有呢？他永遠沒搞清過這些話是老哈自己悟出來的，還是書裡寫的，也從沒問過，或是借老哈那些捲邊脫頁的書來看。但至少，他不會覺得老哈看書這件事是沒有意義的，老哈看的書讓他罩著一層看不透的光暈，仙風道骨修為深啊！

他不時會到老哈店裡去，幾年過去了，那個店就跟老哈一樣，一點都沒變化，店裡所有的商品都是灰撲撲地，餅乾變軟了，紙杯蛋糕變硬了，糖果全黏在一起，冰櫃裡的冰棒，融了又凍，每根都是變形的。老哈背有點駝了，戴上了老花眼鏡，還是縮在櫃檯後看書。一年前，老哈終於把店關了，回家養老，從此跟老哈也變成網上見了。視頻上傻呵呵永遠慢半拍，微信上又沒那麼多話，他跟老哈從來不是靠語言。那爿小店就像他們的練功房，師傅帶著徒弟，莫逆於心的情分，怎麼在微信上說？他只能給老哈發一個兩眼一瞪的呆表情，老哈回他一個嘻皮笑臉。

他跟老哈說他要去上海了。老哈說當心上海女人。怎麼說？老哈說，全中國就兩種女人，一種是上海女人，一種不是上海女人。你聽過安徽女人？江西女人？沒有，但是大家都知道什麼是上海女人。上海女人又分兩種，一種是上海人眼中的，一種是其他人眼中的……他都被繞暈了。

老哈其實不認識什麼上海女人，他姚睿卻認識。小雞就是上海女人。他們在網上認識，聊了幾個月，照片也看過了，眉清目秀挺可愛。他跟小雞說好了，上海見！

他來了，借住在小姨的家。這是一棟老房子的頂樓加蓋，冬冷夏熱，非常窄側，天花板特別低，他一米七八的身高，直起身時覺得頭皮就擦在天花板上。萬一他還在長呢？他一直都在長，從十五歲開始，每年都要竄高幾公分，去年只長了一公分，但如果今年再長一公分，估計就碰頭了。這個家擺了個餐桌，一組沙發，一個電視，角落裡一個灶台是廚房，有個廁所可以沖澡，裡頭擠了台洗衣機。一進來，立刻覺得自己人高馬大，走到哪裡都礙手礙腳。

這房子的周圍都是新式高樓，每一家有個陽台，曬著被單和衣服，在混著桂花香的秋風裡舒坦地搖晃，而他的內衣褲只能曬在探出去的長竹竿上，不受待見。小姨擔心這老房也會被賣掉鏟平，蓋起大樓。雖然平日常埋怨房租太高，房子太小，但是如果房東把房子收回，他們得往更北更偏的地區搬，到時候打工就更麻煩了。小姨打工的區域在蘇州河以南，長寧古北一帶，那裡有很多境外人士和有錢人，住的小區高檔氣派，家家戶戶都請了阿姨鐘點工，負責清潔和三餐，那裡的男主人都是公司裡的大老闆，女主人都是十指不沾陽春水的貴太太，他們講的不是普通話，是英語、日語、閩南語，養的狗是清水煮牛肉條和豬排骨伺候，打破一個杯子，一個月的工資都賠不起……聽到這裡他忍不住打岔，那是什麼金碗銀碗？小姨說，都是進口的瓷器，薄得像紙。

小姨坐在餐桌邊，桌上一罐黃白乳膏，拿中指挖了一坨，抹到手心上，手心手背來回搓，直到乳膏全被皮膚吸收了。這麼多年來，這還是頭一回仔細打量小姨的手。小姨的臉，皮膚細嫩光滑，顯得年輕，每一年她回老家，大家總是問她保養的祕方，說上海的水土養美女，把她滋養得越來越水潤，不知情的人還以為她在上海當少奶奶呢！但是現在近距離看到小姨的手，指甲邊厚厚的死皮倒刺，手心一個個黃白的繭，十指紅腫，表皮脫裂像筍子般可以一層層剝下來。這哪裡是少奶奶的手？小姨，你沒有指紋啊？小姨打量自己的手，翻過來翻過去，好像從來沒看過般，最後把手縮到腋下渥著，笑說這是不能碰水的富貴手，生的是富貴命，應該要當少奶奶的。

房間裡全是油煙，門敞開著通風，他們聊著天等晚飯上桌。來到上海，姨丈也變成會燒飯的男人了，小姨說這裡男人做家事是天經地義。但是媽媽早就告訴過他了，小姨掙的錢比姨丈多，姨丈在小區裡當保安，一個月不到三千塊錢。小姨在家裡不但不燒飯，也不洗衣服不掃地，跟打掃衛生有關的事絕對不動手，唯一樂意做的就是給窗台上的朝天椒和蒜苗澆水。

小姨家很小，靠牆放了幾口收納箱，箱上有透明的塑膠膜，可以看到裡頭擺的衣服棉被等，還有很多雜物散放四處，舊電器、裂開的鏡子、掉了眼珠的布偶……小姨打工的東家，常把一些要扔的舊衣物送給她，說是惜物環保，小姨用不上也捨不得丟，卻沒有下家可以施捨。這些東西像長了腳，從牆邊到地上，再爬上了沙發和桌子，還有床。每天小姨要歪在床上時，就把床上一堆東西拿起來往什麼地方一擱。她在床上滑手機、看電視、閒磕牙，然後就睡了。小姨不讓姨丈在家裡吸菸，所以飯後和睡前，姨丈都要出去透口氣吸個菸，回來進廁所去嘩啦一陣也就關燈上床，只留下廚房一個插在牆上的小貓燈。這燈是不是像趕麻雀的稻草人？每次睡著前，總聽到老鼠吱吱地叫。他把沙發上的東西移到椅子上，也躺倒了，在手機裡看預先下載好的仙俠片。沒想到小姨的家這麼小，竟然連個獨立的房間都沒有。

小姨家附近，有個門洞裡高高低低擺了幾簍蔬菜，還有豆腐雞蛋什麼的，天花板上垂下幾枚燈泡，姨丈都在這裡買菜，旁邊有賣周黑鴨、蔥油餅、清真牛肉湯麵的，也算熱鬧。走了走，每樣東西都比老家的貴上兩三倍，走到第三趟，還是花了五塊錢買了張餅，餅比巴掌還小，厚厚幾圈。賣餅的阿姨面無表情接過他寶貴的十元錢鈔票，找給他一堆油膩的銅板。上海人的一塊錢不是紙鈔是銅板，放在口袋裡沉甸甸地碰撞著，好像身上錢很多。姨丈說，一出門就花錢，沒個一兩百塊錢，別想出門。果然，他都還沒走出小姨家這條路，就花了十二塊錢。蔥油餅和油墩子，再加一瓶冰紅茶。擦身而過的人，很多講的是似懂非懂的上海話，這裡真的是上海了，但不是手機圖片裡看到的上海：男女穿著入時，住在高樓大廈和洋房裡，吃的是西餐喝的是咖啡。那個上海在哪裡？是不是就在小姨打工那裡？

他給老哈發微信：上海有兩個，一個在河的北邊，一個在河的南邊。

小雞問他，上海怎麼樣？他答，人多車多，我們那裡路上常有人站著不做什麼，這裡沒有這種閒人。又說，他是來走親戚的，四處走走看看，有些事要處理，有空就約。

這話特別像個男人，有事在等他處理。這也沒撒謊。不會一直賴在這裡白吃白住吧？姨丈講話的口氣，是把他當大人了，男人。媽媽和姑姨們總是把他當小孩，語氣很凶，但是口氣裡暗示著沒關係，有什麼事會替你扛。小姨丈不。快遞員和送外賣，先搞個電瓶車做做看？你到底有什麼打算？他能有什麼打算？但既然來了，就有來的理由，該發生的就會發生，這是老哈說的。宿緣命定，故事裡講的。

果然不錯，到了第五天，老天就委派了他一個重要的任務。那天小姨下工回來，給他帶了包巧克力糖，包裝上寫著英文。小姨說，你不是想掙錢嗎？機會來了。送巧克力的雇主，家裡老人急病，趕著今天回香港了，十天半個月，甚至更久，回不來。兒子在美國上大學，先生在深圳工作，有條金毛犬，是他們家的寶貝，託給了小姨，請她一天遛兩次，餵兩次，好生照顧。

一天一百塊錢，就是遛狗，你做嗎？小姨沒等他回答，就從貼身腰包裡取出一大串鑰匙，圓頭方頭長長短短，一把把摸過去，解下一把頭上缺角像蘋果手機符號的遞過來，鑰匙的刻痕挺複雜，入手比一般的要沉。別搞丟了啊，丟了沒地方配。

小姨又給了一張門卡，小區大門和大樓進門都要刷卡，那裡門禁森嚴。

姚睿腦海裡浮現天宮景象，雲氣騰騰中巍峨的牌樓，天兵持戟看守。

小姨說，早上九點，傍晚五點，這是遛狗時間，大便要拿塑膠袋撿起來扔垃圾桶。遛完了回來，給添上兩大勺口糧，在廚房裡，給換瓶礦泉水，有專用的飲水器。早上記得把客廳的窗打開通風，傍晚走前關上。狗繩什麼的，都在那個陽台邊。如果毛毛，這是那隻狗的名字，在屋裡大小便，牠要是不開心會這麼做的，拖把在廁所。還有，吃過晚餐後，要給牠一根磨牙棒，在狗糧邊上，自己找找，不給牠會不開心的，然後，你懂的。

飲水器，磨牙棒？敢情大城市的狗，跟老家的不一樣。

小姨一口氣交代完，兩隻眼睛轉轉，又說，既然有他過去照顧毛毛，也開窗通風，這幾天她就不過去打掃了，等女主人要回來時，她再好好打掃一遍。那麼，記得屋裡的植物三天給一次水，不要多不要少，要剛剛好。

這裡果真是上海，遛狗都能掙一百塊錢。但是掙這錢沒有想像得那麼容易。首先，那個地方在河的南邊，日本人聚居區古北，要怎麼過去呢？姨丈的電瓶車自從丟了後就沒再買，每天，小姨騎電瓶車載姨丈過河到他打工的小區附近，然後她去給人打掃衛生，一天總有三、四家，都在不同地方，跑來趕去。下了工，姨丈自己倒兩趟公車回家。他得自行解決交通問題。

從小姨家出發，八百米後有公交，倒一班車，步行一・二公里可到。百度地圖上這麼指路。預估時間是一小時又十分鐘。去返時間都是高峰，據說上海的公車可以擠死人。生在大縣城的小康之家，兩個姑姨一個媽，他姚睿可能生性懶散，但是看在能掙錢，最重要的是，能理直氣壯到河的南邊去，進到一個上海的住家，這就夠了。不花錢的星級景點。

他一大早就醒了。小姨給了一張藍色的交通卡，他順利摸上公交，還有座位。窗外，高樓大廈漸漸多起來了，掛著各種特價廣告和裝飾條幅的商場也出現了，人車熙來攘往，急匆匆往目的地奔去。等到車子上橋過河進入河的南邊，街景又是一變，也是車子房子和大樓，但是每樣事物都更密集，顏色更鮮麗，造型更多變，就像蘋果手機拍出來高像素的照片，用了「美圖秀秀」的一鍵美白，尋常姿色成了國色天香。九月的陽光照亮了大街，在大樓和大樓的縫隙間，遠處的天際線那裡出現一棟歪斜的大樓，然後，一棟褲衩式的大樓，一些匪夷所思形狀的大樓……馬路變寬了，四線、六線，好車多了，電瓶車少了，男男女女的打扮也不一樣了，櫥窗裡的商品看起來像手機上的名品廣告。路上有打綠傘的梧桐樹，有的還纏著小燈泡。有的市街一樓是店面，二樓以上的住家曬著豆腐塊的被單，小姨說上海人愛乾淨，有太陽的日子都要洗洗曬曬……第二班車差點擠不上去，一車的人前胸貼後背，大家穿著整齊，皮鞋錚亮，小心護著自己的提包，沒有人講話。

這一帶的馬路都以珠寶命名，什麼瑪瑙、藍寶、紅寶、黃金，姚睿跟著百度地圖走，路寬人少，路邊密密植著梧桐，不知哪裡飄來濃郁的桂花香。拐進一個禁止車行的徒步區，這裡花木扶疏，有他從未見過的有機食品超市、葡萄酒莊和瑜伽養生中心。小孩滑輪板，大人牽著四腳修尖頭頂一簇毛的貴賓狗，咖啡館外撐開一把把帆布傘，擺了木製桌椅，地裡的雛菊和太陽花被城裡人插在玻璃瓶裡，吃早餐的顧客坐在那裡用一種遙遠的眼神發呆。要去的小區就在步道盡處，那裡林木更加蓊密，四下安靜，黑色寶馬和紅色敞篷車咻地從身邊馳過。

小區大門分了車流人流兩道閘口，人流那邊一個警衛亭，裡頭兩個人監控視頻操作攔路杆，外頭站了一個警衛，黑色制服，手臂上金黃的繡章，戴個船形帽，顯得很神氣。他看看自己，半新不舊的灰色連帽衫，牛仔褲，球鞋，嶄新的黑色雙肩包，壓低的棒球帽。儘管口袋裡有門卡，他還是忍不住心虛、心慌。

一個女士到閘口，包包往刷卡機一貼，閘口大開，他跟著進去了，卻不知五號樓在哪裡，也不敢問，只好先往右拐，一看到有條鵝卵石鋪就的小徑，便往裡頭鑽。躲過了大門警衛，眼前卻是一棟棟灰白色大樓鑲著一格格鋁門窗，幾十層高，危危聳立，彷彿一個個守殿怪獸，怒睜著長滿一身的眼睛，準備朝他輾壓過來，他不由得閉上眼睛，雙腳微抖。再睜開，眼前杵了個全身塗滿煤灰的尊者羅漢，如假包換的黑人，跟好萊塢電影裡的一個樣！圓頭顱上一塊塊短刺般的頭髮，又圓又凸的眼睛，厚厚的雙唇咧開來白花花的牙，跟眼白相映成趣。這是他第一次見到外國人，而且是黑人！正慌著，黑人說了一串話，他還沒聽耳朵就自動關閉，英語這門課，從來就沒搞通過。他搖頭。黑人又重複說了一遍，嘴咧開笑得更大，這回聽懂了，黑人說的是中文，荒腔走板但聽得懂。你還好吧？有什麼需要幫忙嗎？

五號樓在哪裡？你去五號，我在六號，跟我來！黑人把他帶到了一棟大樓前，五號和六號雙拼連棟，底樓是大廳。兩邊可出入。大廳裡守著一個警衛，看到他跟黑人一起進來，對他倆點點頭。他在七樓出了電梯，兩梯三戶，樓道是磨石子地，十分敞亮，掏出鑰匙插入，轉兩圈，鎖心輕脆噠噠兩聲，門開了，一隻大狗撲上來。

從進了這個小區開始，姚睿感覺特別不真實，特別像在作夢，一直到毛毛撲過來時，他才意識到自己從來沒跟狗打過交道，而且這金毛狗竟然如此巨大，兩隻爪子搭在他大腿上，可以感到那沉沉的重量，嘴裡吐出一蓬蓬帶腥味的熱氣。現在害怕也來不及了。

狗的眼睛賊亮，長嘴裡尖牙混著口水，就像看到了食物。毛毛，毛毛！他大聲吼，力圖壓住狗的吠叫。狗叫彷彿是一種質疑，質疑他踏進這屋子的資格，如果牠認定他是闖入者，下一秒鐘就會用利齒咬穿他的牛仔褲，噬進他的血肉。

不能讓狗知道你害怕。他突然想起老哈說的。老哈少年時，有那麼一兩隻野狗像霸凌人的惡少，總是攔在上工的路上，不懷好意盯著他。老哈會捏緊拳頭，彷彿裡面有一塊石頭，兩眼直視惡狗，用盡全力射出仇恨的眼光，步伐很大，雙手用力擺動，從狗的面前大搖大擺走過。狗很精的，你一害怕，牠就會攻擊你，你要想著即使被咬也要踢牠反擊牠，跟牠決一生死，這個反抗的決心一下，整個人的精氣神就不一樣。狗是很識時務的。

金毛開始在他身上一陣狂嗅，他屏住氣息，下意識護住胯下。終於，金毛安靜了，坐下來，垂著長長的粉紅舌頭，不見眼白的棕黑色大眼睛看著他。他趕緊到狗籠那裡拿狗項圈和拉繩，金毛興奮喘著氣轉圈。他的手有點抖，還好，金毛急著要出去，非常配合。這隻狗不是村裡的那種狗，如果有什麼閃失，可不是打破一個薄如紙的杯子那麼好辦。也就個簡單的套狗動作，他手心都出汗了。

這獸野性未馴啊！說是人遛狗，不如說是狗遛人。毛毛一路撒腿往前跑，找合意的地點便溺，走過樓旁的小路，穿過一個鞦韆架，經過一處開滿黃色鳶尾花的小池塘，來到了一個大草坡。草坡上一些打扮跟小姨相近的阿姨推著寶寶車，她們長長的直髮用髮圈束成一把，垂在腦後，穿著花花綠綠亮閃閃的薄毛衣，兩袖勒高了，不時給寶寶遞水擦汗。也看到一些女人走過，有的挎著提包，有的手裡拿著網球拍，有的邊走邊講手機，這些女人有的也把長長的直髮束起來，但是不知道是角度上的什麼講究，卻把鄉氣變成時髦。或許是因為她們的表情顯得精明或不耐煩或空白，或者是她們的穿著挺括、服色素淡，總之她們邁開的步子充滿自信，顯示這裡是她們的屬地。二者的區別就在於宮娥和娘娘吧？

毛毛本來在灌木叢裡嗅著什麼，突然間一躍過了樹叢，撒腿狂奔，狗繩從手裡脫開去，把他帶得個狗吃屎，但是這些都顧不上了，最重要的是把這該死的東西抓回來……

「毛毛！」

「毛毛！」一個女人嬌喝。毛毛往那女的身後竄去，他趕忙跑上前。只見一隻博美狗，個頭比毛毛的頭大不了多少，圓圓的眼睛黃棕色的蓬毛，穿一件紅色小馬甲，模樣十分逗人，毛毛臥在地上，任那小博美在頭胸蹭來蹭去。

「毛毛……」

博美狗的女主人二十來歲，一字眉，娃娃頭，髮梢貼著腮幫子往上翹，眼睫毛刷子般長。「毛毛跟菲菲是老朋友了，對不對呀？」她笑咪咪看著小狗跟大狗撒嬌，流露出慈母般的眼神。「牠們從小奶狗就在一起玩了，毛毛多乖呀，看到菲菲就馬上趴下來。毛毛媽呢？」

「哦，她，她在香港，我，我是……」

「你是 Hans 的朋友吧……」女人打量他。漢斯是誰？

毛毛爪子一揮，小博美躺倒在地。「No！毛毛！」女人說，「走吧，菲菲，媽媽要遲到了。」

被毛毛拉著跑了小區大半圈，他對這裡有了點概念。小區周邊是車道，幾棟大樓呈環形錯開林立，包圍著中央的草坡，設備完善的兒童遊樂區，大樓與大樓之間有花木扶疏的小徑，供人憩息的長凳，石山小池，步移景換，不熟悉的人很容易迷路。

回到住處，一解開狗繩，毛毛便衝到陽台邊，湊過嘴去舔飲水器上倒掛的水瓶，光亮的硬木地板上留下一個個小腳印。他這才注意到這個客廳有多寬敞，上至水晶吊燈下至雕花茶几，每樣家具看著都像電視電影裡的那麼講究，牆上掛了一些畫，桌上一大盆不認得的花，五六株花枝，每枝都開滿黃瓣紅心的花。一台那種演奏會上的立式鋼琴，在這個客廳裡一點也不占空間。牆上糊著壁紙，紅玫瑰綠藤蔓，白色的小天使鼓著金色翅膀。老哈說天堂是流著牛奶和蜜的地方，他的腸胃禁不起牛奶，花蜜糖水倒是可以喝一點……毛毛盯住他，他不敢再多看，彷彿毛毛的眼睛是個監控攝像頭，會把他的一舉一動記錄下來，報告給主人知曉。他給舀了兩勺狗糧，牠立刻咔咔吃起來。他也覺得餓了，從背包裡掏出半張千層餅和一瓶水，吃完，又吃了幾塊巧克力。才遛了一趟狗，全身痠痛，累到不行。「累得像條狗」，他模模糊糊想著，往金邊扶手的白色真皮沙發上一倒。

這一覺睡得很沉，好像去到了另一次元。睜開眼時，毛毛正趴在跟前，大頭靠在兩隻前腳上，也在呼呼大睡。毛毛把他當自己人了。一看手機，兩點！一坐起，毛毛也醒了，對他搖尾巴。他伸個懶腰，決定參觀一下這個有錢人的房子。

小姨把這裡打掃得多麼乾淨啊，所有的東西都擺放得整整齊齊。房間的門都關著，他一扇扇打開，一個有大書櫃、辦公桌、印表機、電腦和旋轉椅的書房；一個擺了麻將桌的房間，可以走進去的衣櫥和一台按摩床；一個很大的臥室帶有衛浴，裡頭有安著許多金色龍頭的大浴缸，四柱大床上極厚的床墊，許多抱枕，雙人沙發，大電視，還有大飄窗，織錦厚窗簾布捲起，迎進明麗的陽光，又一個衛浴，他撒泡尿，洗了手，在那潔白的毛巾上擦乾……

最後打開的一扇門，桌上和櫃子上擺了很多機器人和飛機模型，牆漆成鵝黃色，天花板深藍色，一點一點的亮光標出星座圖，床上平鋪著水藍色床被，蓋一塊透明的防塵罩。他打開衣櫥，裡頭掛滿了男式夾克、外套、各種款式的襯衫，各種面料的長褲。一格抽屜是內衣內褲，疊得整整齊齊，一格是襪子，還有一格裡頭是手套圍巾和帽子。衣櫥裡鑲著一面穿衣鏡，鏡中的他身材挺拔，濃眉大眼，一張很有個性的方臉。他沒有繼續打開其他抽屜。

桌上有一落英文書，旁邊一張照片，一個男孩從裡頭望著他。漢斯？這是他的房間，這些東西都屬於他？男孩穿著黑袍，頭戴方帽，帽子下是一個三角臉，小小的眼睛，蒜頭鼻，其貌不揚。他對太子殿下有點失望。

房子的許多角落擺了照片，展示著主人一家三口。他們在餐廳裡舉杯慶祝，在球場上開心互擁，在畢業典禮上手捧鮮花。漢斯從一個扶著媽媽站立的小寶寶，變成一個臉上長青春痘，下巴上幾根鬚的男孩。這些照片被裝在漂亮考究大大小小的相框裡，彷彿早就預知他的到來，以此對他作自我介紹。如果他手頭有照片，他會把其中一張照片換下來，當他們發現時，該有多麼驚訝，這個闖入天宮的年輕人是誰？又或者，他們根本不會看到。沒有人再去看這些照片了，它們是給像他這樣的外來者看的。

走廊上一個九格牆櫥裡，有爸爸的高爾夫球比賽獎盃，兒子的鋼琴比賽獎狀，媽媽的花藝證書，還有木刻和玉雕，都是一些前所未見的物事。爸爸，媽媽，兒子，他們各有所愛卻又相互支持，美輪美奐的房子裡洋溢著幸福，快樂似神仙。

逛到廚房時，他把裡頭的大烤箱洗碗機一個個打開來，當然還有雙門冰箱。廚房櫃子裡有碗麵、餅乾、堅果、巧克力各種零食，包裝上很多是洋文。這麼多吃的，要吃到猴年馬月？姚睿腦裡突然跳出個瘋狂的念頭……毛毛筆直坐在廚房地板，水汪汪的大眼睛直直盯著他，好像可以讀懂他的想法。或許牠是頭靈獸，或許牠可以幻化成人形，而他，或許也不只是姚睿，也有變化的神通。

流理台上一個木頭盤子，是一整塊木頭切割成梨形，上面擺了串黃亮的香蕉。主人十天半個月不回來，這香蕉黑了爛了，只能扔進垃圾桶。於是他伸手，取一根，慢慢剝皮，突然有什麼掃過他的腳，他霍地一抖，卻是毛毛在腳邊。你要吃嗎？他討好地把香蕉湊近，毛毛聞一聞，走開。他三兩口吃掉，又香又甜。

他回到客廳，打開電視，等到快五點，帶毛毛再出去一趟。這回熟練多了，回來時警衛微笑對他點頭。當鑰匙再次噠噠轉開門鎖時，那個瘋狂的念頭顯得不那麼瘋狂了。

你看這狗多黏人，晚上有人陪著就不寂寞了……省得每天跑兩趟，省車錢省時間……所有吃了的東西，都可以買來還的……所有弄亂弄髒的地方，小姨都可以恢復原狀的……

他決定睡在這個房子不走了。給小姨發了微信，小姨和小姨丈樂得找回夫妻生活，要親熱要吵架，都不用避著他，於是給他卡裡打了三百塊錢，說，當心別弄壞了什麼，也別讓人知道。

他把窗簾密密拉上，聽著樓上不時傳來咚咚逃命似的跑步聲，鋼琴練習曲，一串音階上去了，一串音階下來了，拿不定主意是上去還是下來。毛毛看著他，他被這監視的眼光釘死在沙發上，安安靜靜大氣不敢出。他早早熄燈躺倒，朦朧中有巨獸，濕漉漉帶著腥氣，他明明能飛卻只能離地三呎，老哈在問，跟神仙借房子嗎，借嗎？

第二天早上醒來，這個房子不陌生了，毛毛更像是自己的狗。牽著毛毛在小區裡走時，遇到那個黑人，坐在一棵木蘭樹下逗野貓。黑人招手讓他過去，長手黑得不均勻，指節生著簇毛。他不會講英語，但是黑人會說中文，雖然怪腔怪調。黑人不是從非洲來，從美國來，來中國學針灸，願意跟他語言交換。黑人聽不出他話裡的漏洞，看不出他跟其他居民有什麼不同。他喜歡跟黑人聊天。

他在房子裡繼續探險，深度文化之旅。打開一些抽屜，看一些沒見過觸摸過的物事。一開始他很小心，把所有碰觸過的物事一一歸位，不留一點痕跡，但到後來就不管了，翻過後便任它去。他打開音響的所有開關，只聽到大黑盒裡發出奇怪的聲響，卻沒有音樂。他擺弄漢斯的機器人，不小心扭下一隻手臂，便扔在一旁。

他洗澡，用浴室裡一罐香噴噴的泡沫沐浴乳。從漢斯的衣櫃裡找了換洗衣服，竟然很合身。晚上，把防塵罩一掀，睡到了漢斯的床上，席夢絲彈性極佳，一下子墮入夢鄉，夢裡他就是太子殿下。

每天醒來，他都更像這個房子的主人。就像選擇了遊戲裡的一個角色，代入一點都不困難。每一天，他離漢斯更近一點，就離姚睿更遠一點。他不再跟小姨、媽媽和老哈發微信，他正經歷著不被理解的好事，不知如何跟他們解釋。只有小雞，小雞跟他在同一個異次元裡，她在網路上，跟他一樣做角色扮演，只有她能理解，變成另一個人，擁有不曾擁有的能力和裝備，是多麼神奇。

他穿上漢斯的衣衫，穿衣鏡裡出現一個特別帥氣的年輕人，於是發給小雞一張自拍。小雞熱情邀約見面。他想到那個可以走進去的漂亮衣櫥，那一小格一小格的乳罩內褲，薄紗鏤花黑色和紫色，隱約的一股幽香，便約她來這裡見面。他從容離開這個房子，這個小區，在麵包店買了從沒嘗過的羊角麵包和柚子茶，坐在戶外看來往行人。他感到自己是那麼氣場強大，這才了解，過去別人看他的眼光有多麼輕蔑。

他在廚房發現一個冰櫃裡全是酒，白的紅的，寫著看不懂的洋文。有的瓶蓋機關巧妙怎麼也旋不開，但最後終於有一瓶紅酒被旋開來，他對嘴灌了一口，酸甜苦澀混雜的滋味，沒有啤酒涼洌順口。他拿了牛肉乾，躺靠在沙發上，紅酒佐牛肉乾，看仙俠片，毛毛溫順趴在跟前。

喝了大半瓶，感覺酒意有點上頭了，毛毛突然嗚嗚哭了，衝到門口抓門，終是按捺不住汪汪叫了起來。門鎖這時轉動了，噠噠兩聲，門慢慢開了。

血液沖上腦門，嘴裡的紅酒噴出如血，滴滴灑在白沙發上。他緊握住酒瓶，準備奮力一擊，不管來者是誰，都是不速之客都是闖入者，說好十天半個月的，他還沒打算讓這一切結束，他還要繼續，誰也不准阻攔！

進來的是一個瘦高的男子，三角臉，蒜頭鼻，小眼睛，跟他一樣吃驚。「你是誰？」

「我，我是來照顧毛毛的。」

「我媽讓你住這，陪毛毛？」毛毛拚命撲著小主人，尾巴搖得要斷了。

「對，我，我就是陪牠。」

「我媽還在香港？」漢斯看來鬆了口氣，可是打量了他一眼，眉頭又皺起來。

他的心險些從胸腔裡跳出來，抖著手把酒瓶放回桌上，身上屬於漢斯的恤衫和短褲，勒得他呼吸困難。這個謊言太容易戳破，萬一喊警察來呢？他想著是不是奪門而逃，馬上回小姨家，不，小姨家也不能回去了，得回老家。

漢斯進他自己房間，一會兒又去了書房，再出來時，手上拿著幾個厚厚的牛皮紙袋，還有一個軟布包，都放在餐桌上。姚睿等著他來興師問罪，他的床，他的機器人，他的衣服，他的家。漢斯瞪著眼睛四處巡看，突然看到沙發上姚睿的雙肩包，不由分說便拿來把裡面的半瓶水、半包巧克力，還有一些零碎小物事，都倒進垃圾桶，然後把自己拿來的東西一樣樣擺進去，背上背包，便往門口走去。

真的太子殿下正在奪門而逃，姚睿看著，腦裡一片混亂。

漢斯走到門口又回過頭來，「你到底是誰？」

他一時答不出來。

「不管你是誰，見了我媽，不要告訴她，我回來過。」

「哦，你不是在美國讀書……」

「你不說，我也不會說的。看來你很喜歡這裡嘛，Enjoy it！」漢斯輕蔑地看了這個家最後一眼，砰地把門帶上。

有大概三分鐘的時間，或是更長，姚睿的腦袋裡一片空白。危機來得那麼突然，解除得那麼迅速，說是酒後幻覺也有可能。他走進漢斯房間，沒看出少了什麼。他以為漢斯看到斷手的機器人和被他睡亂的床鋪會大怒，但是漢斯完全沒注意，或者不在乎。這個在他眼裡完美如天宮一般的家，小主人連多停留一分鐘也不願意。背著媽媽偷偷潛回家，他到底有沒有在美國讀書？照片裡那和樂融融的一家三口……

小主人臨走時那個輕蔑的眼神，就像一道天雷，劈碎這個家完美的假象，讓它變成一個塞滿華麗家具的攝影棚，沒有燈光，沒有演員，更沒有觀眾。他和衣倒在床上，感到十分孤單，想念起老哈，想念起爸媽，想念起自己原來的生活，至少那是真實的。

第二天，姚睿還是如約跟小雞見了面，就在步道區的那家麵包店。小雞穿著短裙高跟鞋，塗了厚粉，黑色的眼線和粉紅色口紅。一陣風來，吹開她密密的瀏海，左邊額頭上一塊紫黑色的胎記，在厚粉下隱隱可見。胎記像是封印妖孽的印記。小雞可能是被封印了，法力在這一世無法施展，所以這樣的盛裝，對他卻沒有一絲吸引力。

他給小雞買了杯咖啡，小雞喝了一口嫌苦，加了兩包糖。小雞說她住得很遠，比小姨家還要北邊，來上海一年了，哪裡都沒去玩過。原來，他還是沒見著真正的上海女人。

小雞問可不可以去他家？好想參觀哦！

他抱歉地搖頭。不是他不願意，但那不是他的家，不屬於他。後來他們拍了張合照，小雞側過臉去裝小臉，他做出勝利的剪刀手。他知道這照片看起來很傻，但至少他穿的是自己的衣服，可以安心秀給老哈看。他迫不及待想告訴老哈，在神仙住的地方，他也領悟到人世顛撲不破的道理。

姚睿，十九歲，高中畢，有過一個黑色雙肩包。

殺　生

做的時候都三個多月了，嚴冬，腹脹腰痠，手腳冰冷，一直沒完全恢復。到了春暖花開，身子裡還是有個地方在冒寒氣，睡眠不好，開始有黑眼圈。做了人流後……她體會到女人必須獨自善後的悲哀。

它是零，是虛無，如果它有重量，那也是微乎其微，如陽光下飄浮的塵粒，或只是一聲渺渺的歎息。

那是一條花色斑斕的球蟒，黑色鱗紋，蛇身密布不規則形狀的白金和灰褐色塊斑，纏在姝雪白的手臂上，吞吐著紅色的舌信。

「來，靠近一點，球球很乖的。」

姝竟然是個弄蛇女。薔依言靠近，很興奮。蛇頭對準她，舌信朝空中吐，在掂她的斤兩。看她並不退縮，也沒有攻擊之意，便依舊安穩地纏著主人的手臂，彷彿那是一截可以安棲的樹枝。

「沒什麼好怕的，你看牠，靈不？」

姝輕輕抓住蛇尾，把牠從手臂上解開，放到大腿上。她穿一件粉紅短褲，罩著長長的黑恤衫，胸口一個張牙舞爪的豹頭，豹眼是兩顆假水晶。蛇溫順地在她雪色大腿上開展，伸長頭頸，往她兩腿之間遊去，姝咯咯笑起來。

姝又把蛇往自己肩上擺，任牠在脖子上繞圈。蛇的三角頭就在姝的腮邊，黃綠色的眼映著主人的紅唇白牙，詭異、神祕、危險。姝能完全控制這條蛇嗎？球現在還小，過兩年長成了，難道沒有死纏住頸脖讓人窒息的力量？

姝一個人住。爸媽離婚，各自婚嫁，這間位於金貴城中區的公寓，是為她備下的嫁妝。姝幾度想搬離城中區，把房子出租，手頭可以寬裕點，她有花錢的天分。女孩子要美、要有錢、要有人愛，這是她的三句名言。

姝學的是化妝，本來是戲劇化妝，傷口、畸形、年輕扮老、年老扮嫩等各種角色妝，畢業後發現演戲的人絕對沒有結婚的人多。絕大多數的女孩都要結婚吧，結婚都要化新娘妝吧？不用上海姑娘的算盤，也知道哪條才是正途。她是一家知名婚紗公司的特約化妝師，一個星期總有那麼幾天奔波於市區和郊區，華廈水岸花園洋房和高級酒店，把一個個平凡的女孩打扮得白膚大眼像洋娃娃。她自己也不遑多讓，妝容妍麗，白的白紅的紅，細勻的粉底，臉皮就像沒有毛細孔般瓷，再加上一雙大眼睫毛長翹，眼線尾角上勾，唇色嫣紅欲滴，茶色的長髮大波浪捲，一米七的身高，活脫脫是櫥窗裡的模特兒。

閨蜜瑤瑤結婚時請了姝當化妝師，薔是伴娘，兩人一見如故。

姝一逕兒地發笑，不知是球球讓她興奮，還是看到薔的傻樣覺得好玩。她熟練抓起球球，擱薔掌心，蛇盤成一個球，滑溜冰涼，比意想的要沉，薔打了個哆嗦。

手托球蟒的照片發上微信朋友圈，阿K看了很不高興。

「懷孕的女人，不可以看蛇的，不可以接觸這些邪惡的東西。」

「誰說蛇就邪惡了，你是教徒？」

「去你的教徒。」阿K的爺爺是重慶人，信奉天主教，當年破四舊時被迫棄教，爸爸是知青下鄉，在安徽一處窮鄉僻壤娶了阿K的娘。阿K說自己不信教，但他不吃豬血鴨血，每次蓄在重慶麻辣火鍋裡下豬血鴨血，他就皺眉頭。

《聖經》裡說，樹上的蛇讓夏娃偷吃蘋果，蘋果是禁果，是知識之果，夏娃吃了，讓亞當也吃了，兩個人突然就懂得了裸體的羞恥。無知就不生羞恥。

「你看我有什麼不一樣嗎？」

阿K聞言一翻身，騎到她身上，「脫光了看才知道。」

「下去！」她推著身上興奮起來的男人。

「再不做，肚子大起來就不好做了。」阿K氣喘吁吁，吸吮她的乳頭像餓急的嬰孩。

「不會的。」她說，但身體被吸軟了，聲音微弱，阿K像蛇一樣鑽進來。

它們是人類男女交媾後不必要的麻煩，來的時機不對，太早或太晚，或根本不被期待。

前兩次懷孕，薔的肚子都沒能大起來。

她未婚，頭腦清楚的女孩，怎麼會未婚生子？身邊的朋友，只要有性生活的，哪個沒打過？拿掉第一個時，她才二十歲，大學沒畢業，回家住了幾天，跟媽媽說感冒了，要媽媽燉雞湯，在床上看韓劇追美劇，睡睡醒醒，跟閨蜜瑤瑤發發消息。是瑤瑤陪她去做的手術。

瑤瑤一直到高中畢業，跟她都住同棟樓，幾個親人在海外，吃的用的不一般。眉眼細長，鼻子小，但是進退應對得體合宜，講起話來那個嗲，長輩們都誇是很「適意」的一個上海小姑娘。兩年前，嫁給一個海歸工程師，在家養尊處優，平日裡逛街購物跟姊妹淘喝下午茶，有時搓搓麻將，香港、日本購物團去了，三亞和普吉島度假也有了，什麼都不缺。當了貴太太的瑤瑤，跟薔來往少了。並不是瑤瑤有意疏遠，是薔存心避開。長得比瑤瑤水靈，怎麼混得比她差？

有了一次教訓後，薔特別注意避孕，但是遇上 Tim 就沒轍，Tim 那臉大鬍子，深目高鼻充滿立體感和稜線的五官，瘦長的腿和濃密的體毛，讓她戀戀難捨。她在一家英文進階學校負責招生，Tim是學校的老師。Tim跟她約會吃飯總是AA，從不送什麼正兒八經有質感的禮物，只是耍耍老外的浪漫，一朵紅玫瑰（還不是一束），一小盒巧克力繫著蝴蝶結，一個土耳其貓眼吊飾，掛在牆上，幾個神祕的藍眼睛盯住她，據說那其實是嫉恨幸福的眼睛。她過生日，他在租來的小公寓裡烤小蛋糕，歪歪扭扭擠上奶油，插根細長蠟燭，唱首土耳其版的生日快樂歌。

他喜歡真槍實彈，最後射在她身上，嘴裡哇哇地亂叫。他說他這樣幹了幾年了，從沒把哪個女孩肚子弄大。「如果讓你懷孕了，我會負責的。」等到她真的中標了，才發現他所謂的負責是出錢做人流。

做的時候都三個多月了，嚴冬，腹脹腰痠，手腳冰冷，一直沒完全恢復。到了春暖花開，身子裡還是有個地方在冒寒氣，睡眠不好，開始有黑眼圈。做了人流後，Tim還是不願戴套，一再說，雷電不會劈在同個地方。她體會到女人必須獨自善後的悲哀。當Tim換工作時，兩人友好分手，激情不知何時已然消褪，然而激情的印記卻頑固刻在身體上。一直到跟阿K在一起，晚上讓他摟著睡，她的睡眠才好轉。這年她二十七歲，在大陸婚姻市場上已經被歸於大齡剩女了。

理平頭，戴黑框眼鏡，耳大面方，總是穿牛仔褲的阿K來自安徽農村，本科畢業，到上海做過好幾份工作，現在跟人合夥開了一家網路水果店，在網上接單，給一些白領高檔小區送水果，逢年過節還派送應節禮品，多的時候一個月能到手兩、三萬，少的時候也有萬兒八千，他說生意會越做越大，除了水果，還會做別的，什麼好賺就做什麼。但是薔的爸媽有意見，不想她嫁外地人。農村裡窮親戚多，翻新房、生病求醫、節慶婚喪各種禮金，弄不好，婆家還要到上海來，後患無窮。別看他賺得還可以，裡頭有多少要拿回老家？

「我們先買房吧，房子買了，你爸你媽就肯了。」阿K已經三十，家裡早就急了，過年回去都在相親，但是他想在上海安居落戶。首付還沒存夠，孩子來了。

它不是生命，甚至不是生命的雛型，不值得憐惜或眷顧，需要考慮的是解決的金錢和方法。

阿K說得有理，她不該明知懷孕，還去姝的家看蛇。去之前她並不知道有條蛇在等她，黑底黃斑，邪惡的三角頭，親暱地圍在姝的脖子上，像姝的孩子。第一眼看到時，她的確想要別開臉去，但是另一種更強烈的誘惑讓她目不轉睛盯住那蛇，就像看到可怕虐心的視頻，嘴裡尖叫著，眼睛卻盯牢不放，腎上腺分泌，那殘忍刺激你，讓你上了癮。看著蛇淡漠的眼睛，內裡那個冒寒氣的地方，突然就對上了。

前兩胎都沒孕吐，這次卻很厲害，一早起來就噁心。吃東西噁心，全數吐出，空腹也噁心，吐的是膽汁。她的臉尖了，兩頰削下去，眼睛更大，眼神空茫。阿K說等情況穩定了，先去領證，孩子生下來再辦喜酒。

「不要！」她心情煩躁。

阿K過來拍拍，親親，抱抱，哄著她。他把愛情和孩子看成一體了，如果他們相愛，怎麼可以不要這個孩子？

「你真的要我生下來？」

「當然了，老婆。」

「你真的要娶我？」

「那還用問？」

她吐得沒法去上班。阿K說何不學著做微商，在微信朋友圈裡賣面膜、化妝品什麼的，送貨快遞部分他來幫忙。「老婆這麼美，就是最好的代言了。」

過了一陣子，看她還是成天看電視滑手機，一張黃臉沒光彩，眉眼間流露怨恨，他又說，現在手工糕點很受歡迎，她老爸不是廚藝一流嗎？要不研究一下，看是否能開創一個自製糕點品牌，最好是做那種有機、少油少糖的健康糕點，可以推給上海的白領和老外。

「這是讓我學做菜嗎？」她口氣冰冷。

「讓你有點事做吧，小姐！」總是哄著她的阿K終於不耐煩了。

她抓住這絲不耐煩，要把它擴大成導火線。「你是想讓我永遠在家裡吧？在家帶孩子。」

「在家帶孩子有什麼不好？」

「你根本就不是想娶我，你想用孩子把我套牢，想靠我的戶口留在城裡，圓你爸爸的夢！」

他們有了同居後第一次大吵。

吵歸吵，胎兒仍舊在肚裡一天天長大，一個定時炸彈，薔拿不定主意。她整天在家裡上網，也不出門，終日掩著窗簾不見陽光，角落裡一箱頂級紅富士蘋果發出熟爛的甜香。餓了就點外賣，抽菸喝酒海灌咖啡，什麼都不忌諱。她似乎比往年更怕熱，光著的兩條白肉大腿青筋歷歷，就像皮肉下潛伏著一尾尾小蛇。

醫生說了，前面流掉兩個，對身體造成一定傷害，這一胎如果再拿掉，以後要懷到足月就難了。這些阿K並不知道。這個賭注有點大。

事情變得不順利。先是她發生一個小車禍，車子蹭到一輛電瓶車，賠了錢。阿K的媽媽跌倒骨折，要開刀和復健。緊接著公司出現了很多退單退貨，貨源要不跟不上，要不就是太多，在倉庫裡一箱箱地爛，不久，合夥人也鬧崩了。

瑤瑤打電話來，說薔的爸媽急著找她。她已經半年多沒回家，也不打電話，自從他們警告她如果跟了阿K，就不要再回家。她不上班了，換了手機號，新號碼就是新人生，像有了新的身分，一切重新來過。過去二十多年的人生，陳舊了，灰敗了，她要換新跑道。現在這跑道出現障礙。

她沒有回家，但是跟瑤瑤約出來下午茶。瑤瑤豐腴許多，看起來並不快樂，說皮膚一直敏感出疹，查不出原因，晚上失眠，失眠又引起偏頭痛。薔也倒了一通苦水，「你說，我這走的是什麼運？」

瑤瑤沉吟良久，低聲說：「會不會是，被嬰靈纏上了？」

嬰靈？

投胎後被剝奪出生權利的嬰靈，因為陽壽未盡，無法投胎，在人世流浪無所依靠，對不憐惜它的母親懷著怨恨之心，於是緊緊跟隨，讓她飲食難安，時運不濟，各種困頓災禍接踵而來。

「我聽人家說，這種情形，你如果不化解，就繼續倒楣，會生病，還連累到身邊的人，而且，恐怕你肚裡的孩子⋯⋯」瑤瑤幽幽的語氣，聽起來怪嚇人的。

中國每年有一千多萬個胎兒被「人流」，他們或男或女，或三週或三個月，或成形或不成形，被取出吸出或排出。

當姝打電話來約，她先聲明，這次去不看蛇。

蛇在木箱子裡，沒開燈，什麼也看不到。「牠在消化晚餐。」姝說，「這頓吃了兩隻，夠牠消化的。」

「吃什麼呢？」

「在廚房裡。」姝推開門，角落裡一籠白老鼠，個頭很小，一動不動伏著，姝一上前，個個吱吱驚叫，在籠裡逃竄。「以為我要抓牠們餵球球呢！」

姝特別指給她看籠子裡一隻個頭最大的白鼠，別的白鼠都逐漸安靜下來了，只有牠還在淒厲地尖叫著，彷彿球蟒的尖牙已經刺穿牠的頭顱，蛇身正有力地纏住牠。她感到腦門一陣尖銳的刺痛，胸腔一緊，連吸幾口大氣，才緩過來。

「這隻很怪，特別難抓，現在已經長得太大了，球球不喜歡。小蛇要有絕對把握才會出手，我也怕牠咬球球。大概要找隻貓來了！」姝若無其事地說。

「你這不是，常常要殺生嗎？」

「誰不殺生呢？」姝回眸一笑，她打了個冷顫。

「臉色不好哦！」姝把她安置在客廳沙發，倒來兩杯紅酒，「來，紅酒養顏美容。」

酒色如血，她心神不寧，姝自顧自啜飲，咂咂嘴，心滿意足。

「你結婚要找我化妝吧？」

「結婚嗎？」大肚子的新娘，能看嗎？

「不結嗎？不結就跟我作伴吧！」

「你天天給新娘化妝，難道就不想結婚？」

「說了你不信，那些新郎官常偷偷問我微信號，要跟我交朋友呢！」

「是你太美了吧？」

「是他們太賤！」

這房裡天花板沒裝燈，雖然幾盞立燈都亮著，還是影影綽綽，角落裡一棵人高的美人蕉無風自瀟瀟。姝把個小熊抱枕摟在懷裡，下巴抵住枕頭，模樣像個沒長大的女孩，但是面孔雪白，假睫毛在石膏般的白臉上投下條條的長影，又讓她顯得歷盡滄桑。

「那你要什麼呢？」

姝笑了，「女人有時要男人，有時要孩子，有時既要男人又要孩子……」

「有時兩個都不要。」她接口。

姝像蛇般探出舌尖，飛快潤溼了兩片紅唇。

走出姝的獨居公寓，薔發誓不再來。難保這屋裡沒有一個又一個吱吱叫的鼠靈，在這裡那裡黑洞洞的陰影裡騷動。但是來不及了，半夜她在夢裡驚叫醒來，一條蛇鑽進她兩腿之間，半截蛇身露在外面，她死命拔，蛇卻越鑽越進去。

瑤瑤帶她去城隍廟附近見一個師父，說是可以替嬰靈做功德，助它們早日投胎，不再糾纏。

做功德的人很多，好容易才排到時間。事先依囑備了照片和寫了她跟男方生日的紙條，大學男友生日她不記得，只好從缺。那裡路窄不好停車，瑤瑤打車來接。兩人在巷口下車往裡走。她已經有四個多月的身孕，穿著寬鬆的連衣裙，秋老虎的天，露在衣服外的皮肉被太陽曝曬得發燙，彷彿接受烙刑。一些陳年的孽債，現在終於要償還，真能如此償還？

老宅有個小天井，幾棵桂樹結了金色的花苞，樹蔭下擺了一溜瓦盆，裡頭種了花草，兩個小毛頭短褲短裙坐在石椅上吃甜筒，腳來回晃著，胖頭胖腦一派天真，看她們進來，往裡頭一指，模樣卻很老練。她無端想起被貶下凡的金童玉女。

一進屋，裡頭點著線香，靜悄悄地，木板地上幾個蒲團，前面一條長榻，一個老師父閉眼盤坐，她跟瑤瑤自動在蒲團上跪坐。幾分鐘的沉默後，老師父睜開眼睛說：「進來吧，都進來吧！」不知在招呼誰。她身上一寒，起了雞皮疙瘩。

「嗯，一、二……三個跟進來了。」

她轉頭看瑤瑤，瑤瑤緊閉著眼，嘴角抽搐。

「做事前要三思啊！種什麼因，結什麼果。」師父喃喃說著一些因果道理，之後讀了段經文，念咒，往她們身上灑了幾滴符水。持咒去災的儀式進行了約半小時，師父囑咐她們，此後三個月日日抄寫《地藏王經》，心存善念，多行善事，捐款做功德等等，她們一一應允。照片和生年月分紙頭交上去，有如認罪書，師父說會為嬰靈超渡。

走出來時，日頭已西斜。小巷另一頭匆匆走過來四五個女子，也是去超渡的，長長的影子拖在身後。就在擦肩而過的那一刻，薔的肚子裡泛起輕微的顫動，像是一個個小氣泡，從深水裡冒出來，又像花叢裡飛出一隻隻小粉蝶，搧著薄薄的粉翅。她撫著肚子，突然明白，胎動了！

懷胎三次，這是第一次胎兒宣告他的存在。不再沉默，不再抽象，不是塵粒更非歎息，不管他來的時機好壞，都請她憐惜眷顧，確保他來到人世。

懷胎三次，薔第一次意識到：要當媽媽了。

失　物　招　領

那些看房子的華人可沒那麼含蓄。當他們在媽媽辦公桌上見到我的照片時，總是會問：這是誰？聽到答案時，他們張大了嘴。英語比較流利的就要多問幾句，他們才不管什麼隱私不隱私，就好像有個什麼明清古董被偷運出國了，有權要問個清楚。媽媽總是告訴他們，南京孤兒院。

我掉了一頂草帽，在一家披薩店。那是我們高中畢業班的聚會，我一直在注意歷史老師法蘭克，他戴著頂茶色的鴨舌帽。他有各種各樣的帽子，戴這頂看起來跟其他頂一樣帥，因為他有一張瘦長的臉，深麥色的頭髮和水藍的眼珠，笑起來嘴角往左斜，看起來有點壞，特別適合戴帽子，當然他主要是想遮住禿頭。我一直看著他，想著畢業後就再也見不到他了，他準備搬到西岸去，就是這樣我把帽子忘了。

第二天，我特地去取帽子，因為夏天才剛開始。披薩店在美林鎮的主街上，所有的店都在這條街上，冰淇淋店、文具店、乾洗店、加油站、藥房和超市。如果你需要什麼到主街上去就對了。吃過晚飯後我就去取，老闆認得我，「安娜！怎麼樣啊？要不要來一片披薩？」打從我有記憶起，這家披薩店就在這裡了，即使不是如此，他也會認得我的。當媽媽推著一歲大的我在主街出現時，鎮上的人都記住了我。他問我要去哪裡讀大學，要我以後記得常回家。

那天晚上開始下雨，下了整整一星期，前院的石頭長了青苔，草地上冒出幾棵野蘑菇，細細的長莖打傘似地頂個小尖帽。好容易太陽露臉，要出門時，我發現草帽上長出了一朵黃色小雛菊。

「我的草帽長出一朵花！」我驚叫。

媽媽在起居間裡拼圖，這是她多年來的娛樂，她正在拼一幅梵谷的郵差，綠油油藍汪汪的一片大海，每片拼圖上都有同樣的白色碎浪，她在藍綠海裡找線索，對我的大驚小怪如常地答：「哦，是嗎？」

我沒法像她那樣，什麼事都胸有成竹，對生活有種天生的信心。這不在我的血液裡。我天生就極端敏感，沒有安全感。沒有用，即使我一直在試圖模仿，我還是會被草帽上一朵無害的雛菊嚇到。

我戴上它，照著門口的穿衣鏡，草帽有點大，完全蓋住我凸翹的額頭，小鼻子，唇厚，細滑的黃臉上有黑痣、沒有雀斑，兩道細細的鳳眼充滿懷疑。這不是我的草帽。

一定有誰拿錯了。雖然這草帽挺漂亮，甚至還多了一朵花，但我還是想找回屬於自己的草帽。媽媽總說丟掉的東西只要你記得掉在哪裡，總是可以找回來的，有好心人撿到了你的失物，他們會在原地等著，或交到警察局或負責的單位，例如火車站的失物招領。

但我想我是永遠失去它了。

「我的草帽掉了。」我走進起居間。

媽媽抬起頭，拿下架在鼻梁上的老花眼鏡，溫和的灰藍眼珠困惑地看著我。「你正戴著它呢！」

「這不是我的！」

「是嗎？我看不出有什麼不同。」她心不在焉地說，端詳手中的一枚綠色拼圖，它跟桌上其他拼圖沒什麼兩樣，至少在我看來。這是二千片的拼圖。小時候，她曾耐心陪我玩，我的第一個拼圖是白雪公主和七矮人，一共十片，我玩到閉著眼睛都能飛快排出來。然後是五十片、一百片、五百片，到了一千片，那是紐約市的布魯克林大橋夜景，我在璀璨的燈火裡迷了路。沒排完的拼圖，我的十四歲生日禮物，就那樣日復一日鋪在房間地板上，走來走去都要繞路，非常礙事。媽媽後來說：「這是你的拼圖，如果你想把它完成，你就完成，你想收起來，就收起來，想扔垃圾箱，」她停頓一下，「我建議你捐給第三世界的小孩。」

第三世界的小孩！電視上那些骨瘦如柴沒有飯吃的小孩，那些瀕臨死亡極需善心人士救助的小孩！媽媽就是這樣一個善心人士，她定期捐錢給慈善機關，在鄰里間收集舊衣物捐給貧戶，在教會裡主持慈善募款，感恩節時做火雞給單身在外的學生吃。我就是她的善心最大的受惠者。第三世界的小孩！他們哪需要這種昂貴的拼圖？我惡意踢著那幅半成品，把已拼成的部分踢散開來，有的拼圖塊滾進床底。現在它們不完整了。不完整的拼圖就是一種詛咒，那個缺口破壞了整幅圖畫的和諧。它基本上就是個廢物了。

我看著低頭專心拼圖的媽媽，逐漸被時光漂白的麥色長髮鬆鬆挽成髻，垂下的幾絡髮絲拂在鬆弛的頸肉上。她從過了五十就開始發胖，一年五磅，怎麼樣也瘦不下來，她總嚷著要慢跑、要跳有氧舞蹈，但是美好的週末，天氣好容易才放晴，她卻窩在家裡拼圖。

「今天沒有人看房子？」

「哦，下午有一對夫妻，很急的。」媽媽拿下眼鏡，「好像是華人。」

最近幾年，有很多華人來看房，不是住在這裡的華人，是從中國飛過來的，專程來投資房地產。我們這個小鎮到紐約就是一班公車，過了華盛頓大橋可換搭地鐵，既享有小鎮的安全寧靜，又能直通大都會，所以他們就來了。

紐約市。當我還沒上幼稚園，還沒加入小鎮白人為主的兒童群時，我們幾乎每週都去大蘋果。媽媽帶上大包包，裡頭是尿布、奶粉、果汁、乾糧、濕紙巾、乳液、防曬油、一套乾淨的衣褲，我最喜歡的小鹿斑比布偶，還有一兩本圖畫書，沉甸甸地掛在推車上。我們在高速公路邊的草地上等巴士，太陽曬得我臉上出汗，背上發癢，時間漫長得讓人受不了。等我們一上車找了位子坐下，她會舒口氣，帶著鼓勵的微笑看著我，「出發咯！親愛的。」這些勞途奔波其實是不必要的，因為後來證明，我跟誰都玩不來，但這就是媽媽，她永遠想給我最好的，出於一種強大的責任感。

在我還沒上學時，她總是喊我的中間名，Moon-Moon，月月，這是我的第一個名字，是趙院長取的。我進院的那天，剛好是中秋節後一天，一輪滿月。媽媽告訴我，月亮對中國人來說，比太陽還重要，在詩詞歌賦裡不斷出現月亮的意象，跟中國人的性格和情感也比較貼近，保持著距離，淡淡地，美好的念想。有了我之後，媽媽爆發了一陣中國熱，瘋狂地閱讀關於中國的一切，但她越是深入，就越是迷惘，一時抓到了，一時又溜走。她跟我分享所有她知道關於中國的一切，我敢說我比學校那些正宗華人家庭的孩子知道更多，她甚至送我去上中文學校。

我回家來跟她說中文：我七歲了，我想吃餅乾，我是好孩子……她灰藍的眼睛裡帶著驕傲和困惑，把我摟在懷裡。我的名字叫月月，我上學了，我會數數兒……她只是摟著我。

當她叫我 Moon-Moon 時，我更正她，是月月。月月！她模樣滑稽地噘起嘴，模仿我的唇形，就像我過去跟她學說話一樣，但她發不出月月的聲音。我寫中文作業時，她盯著那些方塊字，就像盯住一個個找不到方向和線索的拼圖塊。我不了解為什麼媽媽不懂中文？她不是神通廣大無所不知嗎？

我在房間裡大聲一遍遍讀詩，媽媽探頭看。我得意地讀得更大聲了：床前明月光，疑是地上霜。舉頭望明月，低頭思故鄉。

你在讀什麼？聽起來是詩？

是的，這首詩裡有我的名字。我指給她看，月字像一把梯子，她現在認得月這個字了，因為它是我的名字。

那麼，這是關於月亮的詩？它怎麼說？

說一個人看到月亮，想到自己的家鄉。

媽媽臉上突然露出一絲緊張的神色，但立即就被溫柔取代了，她小心翼翼地問，月月想念什麼呢？

我想念……我不知道想念什麼。媽媽和我的世界似乎已然完足。爸爸早在我五歲時就離開了，從此再沒見過，我只記得他很高大，把我抱起時，我很害怕。還好他很少抱我。他走後，我很快就把他淡忘了。

後來，媽媽又試著問過我，以各種暗示和刺探，你想念什麼嗎？再後來，我明白了，這問題跟爸爸無關。我說，我什麼都不記得，也就不想念什麼。媽媽摸摸我的頭，歎口氣。她到底是希望我記得，還是不記得？

媽媽從來沒有隱瞞過我的身世。從我記事起，她就跟我說起我是怎麼來的。房間五斗櫃最底層有個紙盒，裡頭收著一條小碎花薄毯，當初我就被這條薄毯包裹著，放在了南京火車站的候車室長凳上，此外一無所有。沒有一張紙條寫著出生年月日，父母萬般的慚愧和請託，像珍妮・芳芳・湯姆遜那樣。也沒有一條紅線繫著一個玉珮，作為孩子永遠的念想，像克麗絲汀・珮珮・懷特一樣。我，安娜・月月・海瑟勒只有一條舊毛毯，起著毛球。

我天真地問：有人把我弄丟了嗎？他們沒有回去找我嗎？

媽媽很誠實地搖頭（誠實是她畢生的信仰），她沒有試圖美化我被親生父母棄養的事實。他們肯定很窮，肯定是有各種困難無法撫養你，她說，所以我成了你的媽媽。

十七年前，媽媽瑪麗安・伊芙・海瑟勒在南京孤兒院認養了一歲的我，因為她自己無法生育。在美國認養一個同文同種的小孩是非常困難的，小寶寶稀缺，認養的條件太苛刻，還有很多寶寶是健康有問題的，因為未婚小媽媽酗酒吸毒。從歐洲等地認養小孩，同樣要經過漫長的等待和沒完沒了的申請程序，媽媽已經三十八歲，不能再等。消息傳來，中國人重男輕女，一胎化控制人口雷厲風行，人們傾向於放棄他們的女兒，換取生養兒子的機會，有很多很多女嬰等待領養，認養的條件和審查相對寬鬆。在大紐約地區，很快出現了數百個像我們這樣的家庭，大家定期聚會，交流各種資訊，什麼地方能買到可愛的小旗袍、燈籠竹筷、春聯窗花之類。那時候市面上買不到中國娃娃，媽媽堅持不讓我玩金髮芭比，所以我有了全套的溫尼小熊家族，還有可愛的小鹿斑比。媽媽曾經幫忙組織春節義賣、元宵提燈、中秋吃月餅的活動，大家都燃起了中國熱。他們的做法得到親友的讚揚和支持，認為對孩子心理健康有益。

小時候，在幾個生日派對上，當彩色氣球飄飛，我們吹著紙哨子，轉著塑膠製的竹蜻蜓，在某個人家的後院或客廳跑來跑去時，總聽到大人們在說，哦，我們將來要帶女孩們回南京去尋根，一定要帶她們回去。即使我還那麼小，也感覺到這個心願是如此沉重。我知道他們害怕。他們拚命把在美國能找到的二手中國文化給我們，但他們自己在那文化裡找不到方向。

我曾經以為，所有的孩子都跟父母長得不一樣，而父母可能因為某些原因，會把孩子送給別的更稱職的父母。

後來，珍妮的頭在牆上磕出了血，因為她恨自己沒有媽媽的大眼睛和藍眼珠，沒有金色柔軟的頭髮，太陽曬了會泛紅的白皮膚……後來，克麗絲汀進了急診室，開刀取出她吞下去的那個玉珮，她拒絕跟任何人說話，休學了一年……後來，我沒有再跟這些玩伴見面，媽媽也沒有再提起她們，雖然她還是跟其中幾個家庭保持聯繫，關注他們的臉書。

我像個模範一樣，平順地長大，成績不錯，游泳校隊，十五歲跟男孩子約會，十六歲擺脫掉我的童貞，不是班上最早，絕對不是，但至少沒太落後。現在，我抽屜裡有幾份美國排名前五十的大學入學許可。

我甚至一直去中文學校，直到成為學校最元老的學生，直到成了助教。他們說我的中文說得很流利，這真是個奇蹟，尤其是生在這樣的白人家庭。

即使是青春期，當別的同齡女孩快把她們的媽媽逼瘋，我還是那個黃色小甜心，微笑幾乎是我的第二層皮膚。她們用各種方式背對父母，她們天不怕地不怕，只怕變成跟媽媽一個樣兒。但是我怎麼能背對，我從未真的像她，她甚至沒法給我什麼化妝建議。我的皮膚緊實細緻，黑髮多且硬，扁平的胸、扁平的臀，鼻子這麼小，眼皮好像永遠浮腫著。我醜嗎？美嗎？誰能告訴我，到底要反叛什麼？看著鏡子裡那個長著中國臉的我，我的外表和內在是分裂的。

我沒有進入過她的身體，從她的血肉裡生長，從無到有。她簽了一些文件，捐了錢，然後有了我。後悔的媽媽不能把孩子收回肚子裡，但是如果我的媽媽後悔了呢？我們看上去那麼甜蜜和諧，並肩微笑走在主街上，人們友善對我們揮手。但是當我們走出熟悉的美林鎮，走到了外頭世界，就像上回我們開車去北邊的新英格蘭，那裡清一色的白人，人們會多看我們一眼，搞不清楚一個中年白人女性和一個年輕的東方女孩是什麼關係。他們疑惑的眼神拋給我一串串的問題。歷史課上學到二次大戰時，美國土生土長的日裔小孩被送進了集中營，在那一刻，基因種族勝過了後天養成。現在沒有戰爭，但任何時候家庭裡都能挑起戰火，父母和小孩，美國和中國……這些問題單是臆想就已經太瘋狂，沒有人會去討論這些。

那些看房子的華人可沒那麼含蓄。當他們在媽媽辦公桌上見到我的照片時，總是會問：這是誰？聽到答案時，他們張大了嘴。英語比較流利的就要多問幾句，他們才不管什麼隱私不隱私，就好像有個什麼明清古董被偷運出國了，有權要問個清楚。媽媽總是告訴他們，南京孤兒院。

一諾房產仲介公司裡，媽媽是最資深的經紀人，這一波華人顧客，不約而同都找上媽媽，可能其他幾個同事沒敢爭取，覺得媽媽更能勝任吧，有個女兒從中國來。有的買客聽講不行（一般讀的能力強一點），這時，媽媽便會請我放學後去公司一趟，或是像現在這樣，在週六的傍晚跑一趟。

一諾房產仲介公司就像一般的民宅，它是一座小巧的兩層樓房，白牆，淡綠色的窗框，窗台上有小花盆，門口插著木牌寫著「一諾房產，值得信賴」。上班族只有週末才看房子，我進門時快五點，瓊和艾倫都在，喝著不知第幾杯咖啡，桌上有甜甜圈。艾倫拿了一個草莓醬的給我。可以換那個巧克力的嗎？我正要開口。

「月月！」

有人字正腔圓喊出我的中文名，一個陌生的女人。媽媽在旁興奮介紹說女人從南京來，這句話就足以讓我的心跳停了半拍，忘了我想換另一種口味。

那是個穿著兩件式套裝的女人，身材嬌小，戴著閃亮的耳環項鍊和戒指，打扮得異常正式，一個鑲金的粉紅方包放在膝頭。她正上下打量我。她身邊坐著一個理平頭戴眼鏡的中年男人，略有點發福，穿著襯衫和深色長褲、尖頭皮鞋，帶個真皮公事包。從他們的打扮，我猜不出他們是什麼教育背景，從事什麼行業。在我們這裡，除非有什麼正式活動，夏天大家都穿著短袖短褲，年輕人喜歡穿人字拖，有些成人穿平底涼鞋。

媽媽介紹說他們拿旅遊簽證，其實是在美國到處看房子。他們說南京好一點的公寓要美金一百萬。一百萬，我們這裡獨棟獨院的好房子都可以買三間了。他們坐媽媽的破車往山坡上的深宅大院去，那些華宅藏在林蔭深處，五房四衛三車庫，現代簡約風格，處處透著氣派。他們馬上就相中了一棟百萬豪宅，跟媽媽回到辦公室，簽約付意向金，讓媽媽去跟上家商談。

媽媽明顯為這即將到手、得來不費功夫的大生意弄得暈陶陶，當聽到這對夫婦來自南京時，忍不住打開了話匣子，甚至當他們要求見我一面時，媽媽便拿起了電話。那個盛裝的太太一直瞅著我看，好像我是什麼奇珍異獸，好像白人家庭的教養會讓我長出犄角。我低下頭去吃那個草莓醬甜甜圈。

「你會說中文？」彷彿要測試我的中文水準，她突然用中文跟我聊起來，「你媽媽說你要去讀大學了？去哪裡呢？」

這個問題我回答過無數次了，但還是第一次用中文回答，我講得有點不順暢。語言畢竟是一種日常工具，不用就會生鏽。申請大學對我不是問題，但大學的學費實在太高了，為了我讀大學，媽媽一直拚命在存錢，沒捨得換車，連著幾年沒有去度假。房產經紀人的收入不穩定，媽媽一直在傷腦筋，我知道我必須貸款，課餘時間拚命打工，麻煩的是，我也需要一部車……

「月月小姑娘，你長得真好，住在美國，還要去讀大學了。」她搖頭，有點感慨，「你真是幸運啊，遇上了這種好心的美國人。」

「嗯。」我需要在陌生人面前，為這種幸運感謝老天嗎？

女人突然摸了一記我的手臂，我往後一縮。她可能是想表達善意，但我不習慣陌生人間驟然的肢體接觸。這陌生人卻壓低聲音，用一種推心置腹的口吻說：「你親媽把你放在車站，人多的地方，就是希望你能活下去。我聽說在有些鄉下地方，不要的女嬰會被丟在荒郊野外……」

一直沉默著的那個男人也開口了，「是真的，鄉下人把女嬰放竹籃裡，傍晚時在村子裡轉，一家家問有人要嗎、有人要嗎？問到最後沒人要，竹籃就被放在村外的土丘上，天一黑，野狗就來了……」

「好了，請你們在這裡簽個字。」媽媽遞過買房意向合同。「我馬上給對方經紀人打電話。」

他們忙著簽字，我低頭看著那難吃的甜甜圈。你要嘛就吃掉它，要不就帶回家，或者丟垃圾桶，總之，你自己要拿定主意。我起身離開時，沒有跟任何人打招呼。只聽得瓊抬高聲調對媽媽說：「你可真有先見之明啊，讓安娜學好了中文。」

我沿著一諾房產前的大馬路往前走，拐進圖書館的綠地，從後面停車場邊門繞出去，走上一條小土坡，接上肯特路，走個五分鐘，就到了我的學校，隔著鐵絲網是我們的籃球場，現在裡頭空無一人。我一直夢想打籃球，但身高不夠，只好進了游泳校隊。他們都說，華人子弟身材適合游泳地板運動之類的。但這些都是冷門運動，籃球才是王道。

不爭氣的眼淚湧上，我慶幸四下無人。

你要她嗎？要嗎？就像提著的是一籃雞蛋或麵餅。他們親眼看到了女嬰粉嫩的臉蛋，張著沒牙的嘴巴握緊小拳頭在哀哀啼哭。誰能不救助這脆弱可憐的小生命呢？但一個個女嬰就這樣被放在了荒涼的土丘上，野獸的利爪劃開她的粉臉，尖牙咬進她的胸膛。拒絕收下女嬰的村人成了共犯，是他們一起把女嬰餵了野獸！

我是幸運的。雖然我被遺棄了，但我被好人家收養了，雖然我成為白人世界裡的中國怪物，但我還活著，所以我是幸運的……

此刻我才發現，手裡竟然還抓著那個吃了一半的甜甜圈。我使勁把它丟過鐵絲網，抓住鐵絲網使勁搖晃，像一個絕望的囚徒。我用盡所有力氣喊出來：「我恨你們，我恨你們，我恨你們……」

不知過了多久，我的嗓子喊破了，全身力氣也散盡了，坐倒在地，腦裡一片空白。手機響了兩次，或三次，我沒接。媽媽一定到處在找我。我站起身來，拍掉褲子上的泥土，慢慢往回家路上走。

「嗨，安娜！」

一個戴著棒球帽的男人朝我走來，笑容滿面，是法蘭克。我擠出一絲微笑。

「你在這裡做什麼？」

我在他關切的注視下低下頭去，「我，我正要回家。」

「嗯，你瞧，我本來是不想告訴你的，但既然遇到了，我想這就是命運。」

我抬頭看他，他的表情很嚴肅。什麼命運？

「我想說的是，我有你的草帽。」法蘭克嘴角扯開一絲壞笑。

「什麼？」

「是的，安娜，我拿了你的草帽，那天聚會結束時，你忘了帶走。」

「啊，是的。」

「你要我拿來還你嗎？」他望著我，水藍的眼珠本來閃著促狹的泡泡，隨著我異常的沉默，逐漸沉了下去，「安娜，你還好吧？」

他溫柔的語氣，讓我只想撲到他懷裡痛哭一場。

「有什麼事，你都可以告訴我，你知道的對吧？」

「你想還我，就還給我，不想還我，就帶它走，或者把它丟到垃圾桶。」說完，我快步朝前走。

「安娜？安娜！」

我把一切都搞砸了。注定要失去的，就會失去，你無計可施，這就是命運。

一進家門，聞到了我喜歡的烤蘋果派香味。

媽媽從廚房裡出來，「你怎麼了？」

「沒什麼，只是累了。」我故作輕快，「我聞到什麼？你又拿超市裡的來糊弄我？」

「從小你吃的都是超市的好嗎？」媽媽笑了，「來杯咖啡？」

我們母女在飯桌前坐下來，我切了兩片熱騰騰的蘋果派放到餐盤上，那是青花圖紋的餐盤，媽媽特地在日本超市買的。日本的，中國的，看起來都一樣是東方的。

「你後悔過嗎？」我問。

媽媽看著我，我知道她懂。可以這樣做嗎？可以收養一個外表跟自己完全相異、一個中國的女孩嗎？孩子將來會有認同危機嗎？在那些生日派對上，說著要帶我們回南京尋根的時候，迷惘和疑慮就在那裡了。

「下午那對南京的夫婦很健談啊，讓你有感觸了？」

「你後悔嗎？」

「我感謝上天的安排。」

我們安靜吃著蘋果派。南京棄嬰的故事感覺遙遠了，我畢竟是生活在一個文明的國度。但或者，南京並沒有那麼遙遠，因為媽媽說了，那個有玉珮的克麗絲汀・珮珮・懷特，發了臉書，他們在南京找到親人了！

珮珮跟媽媽一起回到南京孤兒院探訪，地方媒體一報導，網路上一傳播，憑著兒時的一塊玉珮，竟然真的找到親爸。親媽幾年前病逝了，親爸一直記得當初給了小女兒這塊玉珮，那是家裡唯一值錢的東西，後來也知道女兒被送到南京孤兒院。家裡有個小她一歲的弟弟，懂事後曾回到孤兒院探聽姊姊的下落。

我點開了臉書，看到珮珮跟南京家人的合照，她的爸爸又黑又瘦很顯老，倒是弟弟跟她長得像，都像媽媽吧？

「現在有幾個家庭在約著一起去南京，你覺得呢？」

南京更近了，近得不僅是故事裡的原鄉，不僅是五斗櫃紙盒裡那條薄毯子。

「怎麼樣？」媽媽摟住我肩頭，「我一直知道你想回去，今天這房子已經談妥了，現金交易，可以進帳三萬多，我們的旅費有了！」

媽媽灰藍的眼睛裡閃著光彩，終於能實踐自己的承諾，帶女兒回去了。或者她是對的，或者我潛意識裡一直想回去，去填補生命最開頭的空缺，找回失落的那塊拼圖，所以才這麼認真學中文。是不是找到有血緣關係的親人，我就完整了，不高興時敢大聲跟媽媽爭吵，離家出走，做出各種叛逆的事，在氣極的時候也可以理直氣壯喊出「你當初就不該領養我」的話？

深夜，白晝的暑氣消散了，夜涼如水，窗外蟲聲唧唧。附近人家早就拉下窗簾就寢，只在簷下留了一盞黃燈。這個小鎮，我的小鎮，全世界我唯一熟知的地方。

再三個月我就要離開了，離開這林木交合的馬路，路兩旁樸素古雅的小樓房，推著嬰兒車散步的猶太媽媽，遛狗的年輕人，還有滑著輪鞋呼嘯而過的男孩女孩。一年又一年，春天我們打著噴嚏整理花圃，夏天在院子擺攤賣舊物，秋天我們把落葉掃成堆，冬天清理門前的積雪。四季的任何時候，屋裡都是安寧舒適的，媽媽在起居間排著拼圖，在廚房裡加熱超市的蘋果派……

我蓋著薄毯，躺在床上無法入睡。我比較怕冷，他們說是體質關係。有些東西，即使離開了，一樣留在我的血液裡。身子底下的床越來越硬，硬得像木板。十八歲的我，細長的身子蓋著小花毯躺在木板長椅上，四周是嘈雜的人聲，火車進站離站，廣播聲，吹哨聲……我戴著一頂草帽，一動也不動地躺著，靜待我的命運。車輪磨擦鐵軌，唧唧，唧唧，發出分娩陣痛似地尖叫，一朵、兩朵、三朵，越來越多黃雛菊從帽裡長出來……

第二天早上，我給法蘭克發了短信：我想告訴你，我有錢去讀大學了！還有，你可以擁有那頂草帽，因為是你撿到的！

寶　貝

有時，他對兩點一線平淡生活感到寂寥，那寂寥不是因為沒有人可以說話，單位裡，還有微信朋友圈，交談是隨時隨地的，他想念的是一雙純真信賴的眼睛。然而，他不可能在這時養一隻狗，或貓或魚，或是其他任何寵物，那代表擔負起對另一個生命的責任，代表失去隨時可以離開的自由。

這城市是瘋狂的，但瘋狂跟他無干。他看起來本分、善良、木訥，近似城裡人說的蠢笨，因為城裡看人一個最重要的標準是機敏。誰吃虧上當，就是笨，誰反應慢，就是蠢。

他在那個連通了地鐵站的美食街買盒飯。這裡的盒飯不便宜，但是每週一次，他一定來買個盒飯，美美吃上一頓。錢是要花的，花在真正想要的事物上，不是用來存在銀行，為著未來的一些目標。在中學教書的爸爸說，你會這麼想，不過是因為你年輕，少壯不努力掙錢，老大徒傷悲沒錢。炸排骨飯，一塊大排骨配三道素菜，他猶豫是點炒麵筋還是芹菜乾絲，花了大概十秒鐘決定，然後要了免洗餐具又改變主意，因為想起剛看過的一個環保宣導片。這時打菜阿姨的臉已經拉下來了，嘴角下撇。他懂得阿姨的不耐煩，她卻不懂得他的慢節奏。連點菜都像打仗，幾秒鐘就耽誤了誰，有必要嗎？把生活的齒輪擰得那麼緊、轉得那麼快，快到眼花撩亂分秒必爭，不瘋狂嗎？

他的小名叫石頭，人也像石頭一樣不驚、不動。每次回家，媽媽總在耳邊叨念：石頭，你怎麼一點上進心都沒有？他理解媽媽說的上進心，不就是掙更多錢買房子談對象嗎？不就是擁有大城裡的人擁有的東西嗎？讀書時，他不想爭第一，雖然各科學習都還不錯；工作後，也不跟同事結黨營私，因為沒有想知道公司內幕、同事八卦，爭得更多的獎金，拿到更好的項目。不合時宜的他，無可避免地落單了，被排擠被蔑視被遺忘。

生活平淡，簡單，所以當他在美食街買到這款阿薩姆紅茶時，他感到這真是幸運的一天。二兩碎葉紅茶，裝在雙層密封錫盒裡，紅邊黑字的包裝，有種異國情調。他記得它的味道，不像一般紅茶常有的苦澀和直截了當，而是溫潤有奶香，甜甜的餘味，喝的時候不用加奶糖。有一年多的時間，白燕離開後，他再也沒喝過這款茶了。中學的哥兒們曾關心他一個人過得好不好？他說好，沒有人相信。沒有到大城來的他們，很快就相親結婚生子，一家吵吵鬧鬧，日子過得安穩。他們憐憫他，一個老實巴交的人，在一座太過複雜的城裡。他沒有為自己分辯。能說雖然孤身一人，但他擁有戀愛的回憶，苦中帶甜？他們只會更同情他了。可是看看這紅茶，要不是白燕，他怎麼知道它的滋味，怎麼會留戀和尋覓？而當它突然在面前出現時，那種幸福感是如此熱烈而飽滿。印度的茶葉，從斯里蘭卡進口，哥兒們根本就沒喝過這種紅茶吧，恐怕聽都沒聽過，一般喝的就是龍井，玻璃杯裡黃綠的茶湯，自家茶園產的。這種進口紅茶，還有各種新奇物事，只有大城裡才有。

他手上提著盒飯，隨著人群走下地鐵口。地鐵站裡空間密閉，人多得不得了，推推攘攘，每個人臉上都是熬受了一天之後的疲憊，皺著眉頭或花了妝，大家都急著要回家，不管回家後還有多少事要料理：做飯、陪孩子做功課、照顧生病的老人，或聽家人的嘮叨和埋怨。他小心把背包背在胸前，裡頭有手機、錢包和剛買得的紅茶，任何一樣他都不想丟。他站在兩截車廂之間，腳下聯結的鐵皮晃動得很厲害，但貼靠著車廂，不抓拉環也能保持平衡，而且這裡最多就站四個人，一邊兩個，不像車廂裡屏住呼吸人貼人，一不小心就蹭到了誰。有些城裡人特別厲害，一眼就看出他是外地來的，對這個鄉巴佬的一切便更覺得事出有因，更不耐煩了。耐煩是一種尊重，而這點在陌生人之間是稀缺的寶物。你們並不知道我來的地方，他想，雖然是個小鎮，那裡的生活品質比這裡好呢！那你怎麼不回去？他們會用這句話堵他。到站，他下車隨著人潮去倒另一班地鐵，順利的話，再四十五分鐘就可以到家。

這個大城跟世界其他的大城一樣，在快速發展中向四周不斷繁殖增生，過去的農田蓋起公寓大樓、條條塊塊類似的小區和商店。離心臟區越遠，血液的流動就越迂緩稀薄，沒有老城區的輝煌歷史和精緻光華，甚至沒有光華後的陰影，那些曲折的巷弄，拉著電線架著竹竿掛滿衣裳臘肉，於是，只能是無色無味，只能是灰撲撲的山寨，但是租金相對老城區便宜許多，吸引了很多工薪階級。他住的小區離地鐵口不遠，地鐵站出來是賣新疆饢餅和烤紅薯的小攤，沿著馬路是連綿的小店：美髮屋、小吃店、水果行，雜亂的市街走個十分鐘，就到了小區的大門。大門有警衛看守，對著一個小水塘，據說本來是要建噴水池的。水塘呈半月形，鋪著藍藍紅紅的石子，小孩子喜歡跑進去玩，大人們聚在這裡閒聊，還有一些人來遛狗。

抹著石灰泥外牆的公寓樓高六層，沒電梯。他租的是最便宜的頂樓，跟一個大學生合住，一人一房，其他共用。都是單身，也沒有女朋友，大學生比他還宅，白天黑夜總是關在房間裡打遊戲，三餐叫外賣，一放寒假就回老家去了。

回到家後，他把盒飯放進微波爐裡加熱，拿出他的紅茶，好整以暇研究著錫盒包裝上的英文解說，從櫃子裡摸出白燕留下的陶壺，小心舀了兩匙茶葉到瀝網裡，緩緩注入熱水。你喝喝看，好香！白燕嬌俏的語聲在耳邊響起。紅茶出味快，一會兒茶湯就是赭紅色了。房間裡冷，他取了保溫杯來，把茶湯傾入，剛好滿杯，不上蓋，一股熱氣裊裊上升。他就著這杯熱茶，在手機裡看一部老電影，老電影的節奏慢，合他的脾性。一杯喝盡，正想再續，有人揿門鈴。

大學生不在，根本沒有人會來，那門鈴石破天驚。

「誰？」

「快遞！」

他打開門來還不及問，懷裡就被塞進一個沉甸甸的紙箱，送快遞的小夥子三步併兩步下樓去了。紙箱上印著奇奇寵物店。大學生在房間裡養了什麼寵物呢？他把紙箱放在大學生的房門口，推一推房門，轉動冰冷的喇叭鎖，不出所料是鎖上了。這時他突然想起忘在微波爐裡的盒飯。

門鈴又響，他疑惑地開了門，門口是一個嬌小的女生，頭髮紮在腦後，素白著一張臉，穿件明顯大一號小熊圖案的搖粒絨睡衣褲。「我的快遞在你這兒？」

「快遞？哦！」敢情是送錯了。他把紙箱交給女孩，女孩卻不接。

「你能幫我拿下去嗎？」女孩看準了他一定會幫忙似的，一邊說著就轉身下樓，他連忙跟上。

女孩住五樓，剛才那快遞員趕著送貨，多上了一層。他看了一眼送貨單，上面寫著吳倩。

吳倩一到門口，裡頭就傳來汪汪狗吠，門一開，一隻漂亮的花狗衝出來，十來斤的小型狗，黑耳黃臉，鼻子到嘴部有一帶白條，身體是煤黑色，四隻腳卻雪白，尾巴特別逗人，一條黑棍筆直上去，末梢一截白毛，槓上開花。牠跳著叫著，吳倩連忙蹲下去抱起，嘴裡親熱地叫著「史努比小寶貝」，往屋裡去了，他不由自主就跟了進去，把紙箱靠牆邊放下。

屋裡暖氣開得十足，亮晃晃點著許多燈，有很多聲音，各種氣味。一隻黃毛大狗過來嚴肅地聞聞嗅嗅，見多識廣一聲不吭，沙發上踞坐一隻黑白相間的大貓，太極圖的臉半邊黑半邊白，桌上有水族箱，裡頭怪石水草和各色金魚，近乎透明的小蝦，水泡咕嚕咕嚕往上冒。除了這些，屋裡還有各種綠色植物：萬年青從白盆垂下油綠的枝葉，常春藤在茶几上蔓延，向南的窗台上一溜各色多肉植物，仙人掌和屁股花；最醒目的就是那盆巨大的豬籠草，吊著一個個綠褐色的長瓶，分泌著暗香誘惑小蟲。吳倩進房後一直不出來，他把這雜亂無章住滿各種生物的大廳看了又看，最後確定主人忘了他，就像他忘了他的晚餐，於是悄悄走出去帶上門。

回到自己的住處，他突然感到客廳無比空曠，除了必須的桌椅和電視機，一無長物。這不正是這城市給他的感覺嗎？熱鬧都是屬於別人的。他給晚餐重新加熱，給茶壺裡注入熱水，屋子裡很冷，今天要早點進被窩。

自從見過吳倩後，他更常聽到狗吠聲了，清晨黑夜突然爆發的一陣急吠，示威或抗議，或只是跟著鞭炮的合唱。快過年了。家裡一直都養狗的，從朋友家抱來的土狗。小土狗特別可愛直憨，沒有各種講究，吃的就是剩菜剩飯，吃完滿意地舔舔鼻嘴，用信賴的眼神看著主人。養了幾年，狗病了死了，找有新生小狗的人家再要一隻。有時，他對兩點一線平淡生活感到寂寥，那寂寥不是因為沒有人可以說話，單位裡，還有微信朋友圈，交談是隨時隨地的，他想念的是一雙純真信賴的眼睛。然而，他不可能在這時養一隻狗，或貓或魚，或是其他任何寵物，那代表擔負起對另一個生命的責任，代表失去隨時可以離開的自由。那個吳倩年紀輕輕的，竟然能擔起這麼大的責任。

幾天之後，當他在公寓大門口看到吳倩的狗時，他打從心裡開心。「嘿，史努比，你怎麼自己在這裡？」史努比似乎記得他，或者牠可以嗅出養狗人的氣味，一點也不怕生地靠過來，嗅嗅他的鞋和褲腳，興奮地在腳邊轉來轉去。他彎下腰來拍拍牠的頭，「你的媽媽呢？」史努比開心地汪汪叫了兩聲，湊近他的背包，那裡頭有三個大肉包，是他今天的晚餐。他陪史努比玩了一會兒，一直不見吳倩人影。難道小狗是自己溜出來的嗎？有別的住客開門進去，史努比一閃身跟進，身手矯健往樓上爬，他也跟在後頭。到了五樓，史努比停步了，在家門前嗚嗚哭了幾聲，彷彿在抱怨為什麼媽媽還不來開門。他上前撳鈴，沒人。

天黑了，吳倩不在，小狗被關在門外，他覺得有點奇怪。「好了，我要回家了，你在這裡乖乖等吧。」他往樓上才走了兩級，史努比就跟上來了，大概被肉包子引誘了。「別跟了啊，等一下你媽媽找不到你。」史努比對他的勸告置之不理，一直跟著他進了門。

史努比一進來就興奮地到處嗅聞，他警告：「喂，別亂撒尿哦！」家裡有了這麼一個活蹦亂跳的小動物，突然有了勃勃的生氣。他顧不上泡茶，剝了塊包子皮給牠，那沾了肉香的包子皮，比狗糧香多了，牠嚼都沒嚼就吞下去，睜著一雙水汪汪的大眼睛，搖著槓上開花的尾巴，急切地索要更多。這時他才發現，史努比身上有些汙泥，四隻白腳變灰，有的毛都結塊了。

分享了三個肉包後，樓下人聲雜沓，看來吳倩回來了，他連忙一手抄起小狗下樓去。

吳倩家大門虛掩，傳出一陣陣笑聲，史努比在他懷裡使勁掙扎，一下地馬上用鼻子拱開一條縫溜進去了。屋子裡突然安靜下來，一個男的說：「哎喲，這狗回來了！」

開門的應該是吳倩吧？他不確定，因為眼前這個女孩眼睛變得好大，粗黑的上眼線往眼角誇張地飛去，一條墨黑的下眼線，眼白雪白，瞳孔卻像貓眼般大得驚人，中心是黑的，越往周邊越顯褐黃，眉毛描得粗而平，顯出幾分驕蠻，笑著的紅唇白牙卻又似乎很高興見到他。

「是你啊？進來進來！」

「啊，不用了，我只是把史努比送回來，牠大概是走丟了。」

「那你更要進來坐，吃個蛋糕，今天我生日！」

屋子裡已經有兩男兩女，這間他第二次踏進的屋子顯得更擁擠熱鬧了，吳倩把大貓從沙發上趕下來，示意他坐那裡。他侷促地落坐，緊貼著旁邊一個穿皮裙、金頭髮的女孩。他跟她點頭，女孩只是打量他，然後扯開沙啞的喉嚨問吳倩：「你哥哥？」大家都笑了，吳倩笑得最大聲。他不懂這笑點，更手足無措了。

茶几上擺了一個吃了一半的奶油蛋糕，一層奶油一層鮮果，甜香誘人，糕面上插著生日快樂的英文字，旁邊一堆捏扁的空啤酒罐和可樂罐。吳倩切了塊蛋糕盛在免洗餐盤上，插上一隻白色塑膠叉遞給他，「喝點什麼？」

「不用了。」他盡量不動聲色往沙發另一頭移動，免得挨著皮裙女孩。女孩感覺到了，立刻轉過臉來看他，帶著調侃的笑，把一隻手搭到他大腿上，問他叫什麼名字，是做什麼的。

「我只是樓上鄰居，來還狗的。」

不知為何，眾人又是一陣笑。他猜大家都喝了不少，又或者，他們的火眼金睛早看出他不屬於他們。那女孩的手還搭在他腿上，四指塗了銀白色的蔻丹，單單食指是金色的，肉嘟嘟亮閃閃。

大家笑過了，吳倩說：「一直忘了介紹，我叫倩倩，他們是來幫我慶生的，下午就來了，剛才我們出去吃飯。你叫什麼？」

他說了自己叫什麼，大家亂哄哄各自報了名字，他一個也沒記住。他一口一口吃著蛋糕，怕一吃完沒事幹，就得跟他們其中的一個說話。皮裙女孩問：「好吃吧？專程去韓國蛋糕店買的，沒辦法，我們倩倩小姐指定的！」吳倩領情地笑了。她今天穿了一條珊瑚紅緊身及膝羊毛衫，黑色打底褲，勒出身上起伏的線條，胸前垂一個吊飾，是一隻紅嘴綠鸚鵡，兩粒亮晶晶的眼睛。她捧起鸚鵡在自己臉頰上啄一口，捏細了嗓子說：「要最好的，你值得擁有！」

皮裙女孩走開了，吳倩過來，一坐下，史努比就跳上來。她抱著狗，一遍遍撫著牠的毛，臉上若有所思，從側面看去，兩排假睫毛像鋼絲般黑而硬，突然間一顆淚珠落下，掉在狗身上，連個濕印子都沒有。他一驚，轉開臉去，四周人依舊談笑，吳倩開口時，聲音也無異樣。

他起身告辭，吳倩沒留他，抱著史努比送到門口，「史努比有沒有謝謝這個好心的帥哥啊？」她懶洋洋倚著門，拿她那雙加大的瞳孔盯住他，像要對他施以催眠術，「有時我聽到樓上有人走來走去。你一個人住嗎？」他點頭又搖頭，慌慌張張上樓去了。

第二天早上他把垃圾帶下來扔，看到桶子旁邊一個大蛋糕盒。這麼快就吃完了？他掀開盒蓋，裡頭剩下的半個蛋糕像覆滿白雪的高原，紅嘴綠鸚鵡半身沒進雪裡，一隻眼睛上的假鑽掉了。

樓下有時死般沉靜，彷彿那裡所有的生命都消失了，像老電影裡的斷片，沙沙閃著不可解的黑白訊號，跟之前之後的繽紛都無關。有時卻又聽到大門砰地甩上，兩隻狗在樓梯口一路汪汪叫著下去，熱鬧非凡。有時聽到吳倩說話，哭或笑，他不確定，也許只是想像。她說能聽到他的腳步聲，他這才發現自己看電影或刷手機累了，總是起來在屋裡走。他現在一進屋就開暖氣，感覺這個冬天比往常都來得冷。

週末他不宅在家裡，而是乘地鐵到市中心走，東看西瞧，不買什麼。他的世界跟櫥窗裡的展示相隔遙遠。在鬧市裡走一天後，肚子感覺特別空、特別虛，他總是去吃熱騰騰的小籠包或是老鴨粉絲湯，安撫腸胃並熨燙發皺的心。過去一年，他逛的路徑總是那幾條，吃的也是那麼幾樣，這些是白燕跟他的共同記憶，他重複著這些路、這些味道，心裡升起一種苦澀的甜美。

他遊逛回來，九點多，經過吳倩家，聽到裡頭吳倩在數落：再不聽話，不要你了……他腳下不停，快快回到自己的窩，這是週末，他剛溫習了跟白燕的溫暖回憶，不想被干擾。但是才換下外出服，舒服地在沙發上躺倒時，門鈴就響了。他知道是誰，只是不知道為什麼？吳倩的事似乎也不是他能猜得到的。

吳倩手裡提了個袋子，微笑著進來了，還有跟在身後搖尾巴的史努比。

「聽到你回來了。」吳倩從袋裡一樣樣取出鴨脖子、鴨翅、帶殼花生，還有蜜李。「你有喝的嗎？」

「哦，只有……茶。」

吳倩挑起眉毛，「好吧，那就茶。」

他不動，「你，還過生日？」

「哦，不是的，因為天氣很冷。」好像這句話便足以解釋她的深夜來訪，吳倩輕鬆地倚在餐桌旁對他微笑。她眉清目秀，看起來很順眼，就不知為何要戴美瞳、畫眼線瞎折騰。今天穿的還是上回那套小熊睡衣，只是把袖口挽起，露出白皙的手腕，十指纖長，嬌柔的粉色蔻丹。她穿著睡衣就來敲男人的門，估計是知道穿這樣有種天真的誘惑吧，他不禁這樣胡思亂想起來。

他泡了一壺紅茶，拿來兩個杯，兩個盤子兩雙筷子，兩人對坐。

吳倩把鴨翅膀的包裝袋一把扯開，直接用手拿起就啃，好像在自家般自在。或許她就是這種女孩，不設防。她到底來幹什麼？難道把他當朋友？他想到她那票朋友，跟他完全不同類，記得其中有個瘦小的男人，臉上還化了妝，戴耳釘。

「昨天我夢見躺在沙灘上日光浴，海風吹來暖洋洋超爽，突然想到，我靠，忘了塗防曬油了，睜開眼，原來暖氣的風口正朝我臉吹呢！」她說完自己哈哈大笑。笑完，臉色一正，「其實我心情不好，一到冬天就心情不好，我是屬於夏天的女孩，陽光、沙灘、棕櫚樹！所以，我就想到你了。」

「我？」

「對呀，我想到我們可以一起吃個火鍋什麼的，有伴就不會心情不好了。」她歪著頭瞧他，「你也是一個人？」

「我有室友的，他，他出去了。」

「是嗎？」她丟下吃了一半的鴨翅，站起來到處看，一邊舔著油膩的指頭。他感到不安，不敢想接下來會發生什麼，吳倩雖然是舔著自己的手指，他卻趕緊把雙手十指都藏到褲袋裡。

「我在想，你需要什麼呢？」她問。

「我什麼都不需要。」他的語氣似乎太軟弱。

吳倩靠近他，她身上有種剛洗過澡的馨香，頭髮還有濕意，隨便地紮在腦後，就像個居家的少婦。他們的眼睛對視，他試圖讀懂眼前這雙明媚眼睛裡的意思，但它們實在太亮了，閃閃爍爍，他想到那隻瞎了一隻眼的鸚鵡。吳倩笑了，「你很特別，跟別的男人不一樣。」

「我只是笨。」他突然憤怒了。就在吳倩剛剛貼近時，他不能不看見那過於寬大的睡衣裡，嫩白如筍的胸乳隨著呼吸起伏。她沒穿文胸。

吳倩退回去，退回餐桌，拿起剛才那根鴨翅，「我只是想知道，我能賣給你什麼。」

吳倩說她以前做的是平面模特兒，她的身高不夠，但是五官精緻特別上相，鵝蛋臉，立體的頭型，適合展示帽子、圍巾、耳環項鍊等，還有文胸。她好像根本不在意這最後一項會令他尷尬，只是就事論事地說，文胸更容易呢，不用化妝，不需要做表情，吸氣挺胸就行。不過這些都賺不了什麼錢，所以過去一年來，她開始做網上直播。「歡迎哥哥們到我房間來，紅包不要吝嗇哦！」她嗲聲嗲氣地說，大概做節目時就是這股聲氣。

她說著這些事情，態度非常自然，於是他覺得這也沒什麼吧，每個人都要生存，不偷不搶靠自己……掙錢，又有什麼。史努比枕在他的腳背上，安心地打起呼嚕，那種純然立即的信任，也能發生在兩個人之間嗎？

「加我微信吧，我們是朋友了。」吳倩拈起一顆蜜李，瞇起眼睛媚態十足，然後對他提出了一個要求，他無法拒絕。

連續五天，他都提早四十五分鐘起床。匆匆漱洗，穿戴整齊，喝一杯溫水，嚥下幾塊麵包或什麼都不吃，背起背包鎖上門，三步併兩步到樓下，拿鑰匙開門，迎來一室汙濁的氣味，還有等待他已久的動物們。放下背包，他關掉前一天晚上打開的暖氣，給史努比和黃狗艾美上鏈，下樓去遛一圈。連著幾天氣溫都在冰點上下徘徊，寒風一吹，感覺真像進了凍箱。兩隻狗有習慣的路徑，東拉西跑，最後總要到水塘附近拉一泡才滿意。幾天前一場大雨，水塘積水，現在結了一層薄冰，有頑皮的孩子朝裡頭扔石子、樹枝，一個個都落在灰白的薄冰上，他們想試冰有多厚，更想砸出個大窟窿。

回來後，給狗盆裡倒滿狗糧，水盆加滿淨水，這時大貓咪咪早就走來走去喵喵叫，又趕緊給貓咪加糧加水，處理供便溺的貓盆，然後便是餵魚。吳倩竟然還養著一隻迷你兔，一籠畫眉，都要一一餵食和清理。這麼一趟下來，每天都像打仗一樣非常緊張，有一次還來不及打卡。晚上下班後，他經過時進去探一下是否安好，把暖氣打開。

週五的晚上，他最後一次打開門，史努比和艾美親熱地圍過來。吳倩明天就回來了，她說去香港談筆生意。雖然加了微信，這五天裡音訊全無。朋友圈點開，她的個性簽名寫著：「要最好的，因為你值得擁有。」相冊是空白的，可見沒把他當朋友，封住了不讓他看，而他做牛做馬為她照顧一家大小。他開了暖氣，卻不忙著離開。屋裡的格局跟他那裡是一模一樣的，他走到主臥室，轉動喇叭鎖，竟然打開了。房間漆成粉紅色，四根銅柱雙人床，垂著白色的紗縵，床上擺了幾隻熊寶寶，一個眉目栩栩如生的大眼娃娃，穿著紅絲絨的小禮服，頭戴禮帽。牆上貼了吳倩的寫真，角落裡有化妝台，瓶瓶罐罐，有小書桌，桌上一台筆記型電腦。

電腦沒設密碼，他輕易就找到想找的。「倩倩寶貝」，吳倩的直播節目。檔案是依播出日期排列的，他隨便點開一個。親愛的，歡迎！倩倩跟他打招呼，她戴著耳麥，向來紮起的頭髮垂在臉側，削出時尚流行的尖下巴，一件低胸的粉色裙子，擠出兩個奶半球，濃濃的眼妝像動漫女主角，一眨一眨看得分明。「房間」裡有一萬多人，來客跟她打招呼，她喊他們哥哥，互話家常。有個哥哥吵著看她今天底褲什麼顏色，她欲迎還拒，哥哥們紛紛解囊打賞。終於她站起來後退，退到四根銅柱白紗縵的床前，讓大家看得到全身，指尖在大腿上俏皮地遊走了幾圈，然後決斷地把裙角往上一掀……這不過是暖場。接下去倩倩唱歌，雖然五音不全，撒嬌或講葷段子，臉上都掛著夢幻般的淺笑，美顏柔光下的肌膚無疵無瑕，畫面上滾動著廣告：壯陽特效藥，泰國面膜，手機特價……然後，倩倩請出她的寶貝啦！第一號登場的大貓咪咪，被她死死抱在懷裡。哥哥們要看什麼呢？想要我做什麼呢？哥哥們拋出了一堆匪夷所思的建議，她似笑非笑，無可無不可。咪咪喵嗚一聲慘叫，脫身而逃……

他跟咪咪一樣，逃出了這房間，逃離這瘋狂。別人的瘋狂不應與他相干。

隔天上午他還是提前四十五分鐘醒來，冬天乳色薄淡的陽光，從厚布簾縫透進來。搬來後，那布簾從未洗過，咖啡色耐髒，沾滿了塵灰卻看不出來。過幾天就放年假了，他想著回老家前是否該打掃一下，但是他一點都不想起床。彷彿，倩倩蹲踞在床上，像隻豹子般盯著他。對，那不是貓眼，是凶殘的豹子眼，當有人提議在咪咪的尾巴上點火時，她眼睛眨都不眨。當然，她不可能真的這樣做，不過是做節目罷了。他起床撒泡尿，鑽回溫暖的被窩裡繼續睡，夢中回到老家附近的竹園，地上冒出一個個誘人的筍尖，他徒手去挖，挖呀挖，嫩白的筍子慢慢從土泥裡現身，觸手竟然滑膩異常……

門鈴又響了，這是禮拜六啊！他已經幫她做牛做馬了五天。他披衣下床，抓抓一頭亂髮，不情不願開了門，門外是一張春花般的笑臉，還有興奮撲上來的史努比。

「沒吵醒你吧？我一大早就回來了，給！」她遞過來一袋熱騰騰的生煎包，還有一瓶紅酒，「這是你的獎賞，我家寶貝個個健康活潑。」

「金魚還好嗎？天一冷，好像都不動了。」

「死不了。」她說，「聽說過兩天還要冷，零下五六度，別忘了我們的約定。」

「什麼約定？」

「天冷要一起吃火鍋呀！」她笑。素顏的她，朗朗笑語像個孩子，穿一件粉紫色高領毛衣，黑色毛長褲，看起來乾乾淨淨，跟單位裡那些女同事們沒什麼兩樣。他不禁心軟了。做節目是為了賺錢，不弄點噱頭，怎麼賺得了錢？

「坐吧，香港好嗎？」

「好，不能再好了，客戶很滿意。」她用一種嘲弄的口氣說著，突然轉身往後頭走去，「參觀一下，你這裡跟我那裡一樣的嘛……」

「喂！」他想阻止，吳倩已然進了他房間，徑直走到窗邊，拉開一線布簾往外看。外頭真沒什麼，不過就是千篇一律的水泥樓，她看的時間卻有點長，一條孤單的背影。他過去拍她肩，她轉身抱住他，「我好恨。」

他聞到她頭髮裡的汗味、菸味和塵灰，香港鬧市的味道，陌生酒店的味道。她柔軟豐彈的胸乳緊貼著他，他無法克制地硬了起來，她吻他，他無法克制地吸吮著，他們倒在了床上，一切都不在他的掌控中。借著她掀開的一角光線，他看到她光裸的肌膚雪一般白，上頭條條縷縷的瘀青，右邊乳暈也是青紫的，他留意別弄痛她。

他們平躺在床上，蓋上棉被。這時，史努比跳上床來了。吳倩伸出光裸的手臂，把史努比抱住，任牠的長舌在臉上舔來舔去。

「你恨什麼呢？」

「什麼都恨。」

「那你恨這隻狗嗎？你很愛牠吧？」

吳倩放開史努比，坐了起來。「你這房間也太冷了，連個暖氣都沒開。」

「睡前關掉了。要開嗎？」

吳倩不答，快手快腳把剛才自己脫掉的衣服穿了回去。穿好後，她說：「我不愛牠。」她又露出節目裡那副似笑非笑的表情，「他們叫我扔掉牠，上傳視頻，我想，也好，這沒什麼大不了。」

他大吃一驚，「你瘋了？」

她擺擺手，「不過就是一隻狗罷了，當初，也是路邊撿來的。」

「天這麼冷，牠會凍死的！」

「從土坡扔下去，牠爬不上來，哼著叫著，我舉著手機說再見了，再見。但是牠又跑回來了，你說，要怎麼樣才扔得掉呢？」她眼底泛出淚花，但同時那淚花又透著寒光，彷彿正在盤算如何丟棄她的寶貝。

「你瘋了！」

「我走了，別忘了，過兩天吃火鍋！」

他去超市買了抹布、清潔劑和拖把頭，回到家，午飯顧不上吃便打掃起來。單身漢也沒什麼雜物，只是把房間和公共廚衛客廳都打掃一遍，地板抹得一塵不染，冬日裡硬是出了一身汗。就在所站這方寸之地的正下方，有多少汙穢需要打掃，打掃得乾淨嗎？這念頭一起，他拖把一丟，坐倒在地抱住了頭。他就乾淨嗎？他覺得自己甚至不配再喝一壺阿薩姆紅茶了，不配再去重歷跟白燕走過的市街、吃過的小吃，不配再默默長久地懷念一個人、一段情。他跟這城市裡瘋狂的人沒兩樣。

他每天都提心吊膽，傾聽著樓下的聲響，期待聽到汪汪狗吠，如果白天黑夜樓下一片寂靜，他便坐立難安。吳倩沒有再上來，如果她再來糾纏，他一定要求她千萬別扔掉史努比。你怎麼能輕易背棄所愛？

年假前一天，他結束手頭工作，鄭重跟同事們道再見，大家三三兩兩聊著年節計畫，沒有人理睬他。這是入冬最冷的一天，天空飄著雪花，地上泥濘難走，積水的地方結了冰，一不小心就打滑，一路掙扎，好容易進到小區，濕透的兩隻腳都凍僵了。大門邊的兩盞路燈，照得天黑地灰，白雪如絮，水塘邊空無一人，但有什麼吸引了他的注意，他不禁停步凝視。塘水凍成冰，灰白一片，上頭扔了些石塊樹枝、舊鞋和破傘，但是在半月形的角落裡有個什麼……那是，一根黑色木棍，槓上開白花，此刻略略晃動著，彷彿有生命，或者說，因為沒有生命才任風吹得晃動……他心一沉，想舉步飛奔過去，腳卻被凍住了，陷進了這無情的土地，拔也拔不出來。

「喂！喂……」他的嘶喊竟如此沙啞。

警衛亭裡有人探頭看，他只是瞪著眼睛說不出話，那警衛聳聳肩又縮回去。終於他的腳可以移動了，他趕上前去看個仔細，卻真的是截樹枝凍在水塘裡。

他緩步上五樓，在吳倩的門口止步，史努比熱情地叫著，爪子抓門，沒有人來查看。他趕緊衝回去，提了行李箱就跑，到五樓揿門鈴。如果吳倩來開門，他就是來還鑰匙的，一直沒機會還她，要回老家了……等了一分鐘沒動靜，開門，屋裡一片漆黑，但他知道動物們都在歡迎他，他抄起腳邊的史努比，塞進背包，背在胸前，趕緊鎖門離開。

他站在路口，史努比沉沉地掛在胸口，拉鍊拉不上，小腦袋從背包裡探出來，一雙純真信賴的大眼睛看著他。他不能辜負這份純真信賴，得帶牠回老家。這種天氣，這個時節，那不會是容易的事，但他已經染上這城市的瘋狂，何況，老家並不真的那麼遠。

善後

友竹習慣替姊姊善後，她看姊姊的眼色常是怒眼圓睜，裡頭有不屑、不耐和不可置信：你就這麼搗漿糊下去？友蘭不懂妹妹擔心什麼，事情總是能解決的，不是這麼解決，就是那麼解決，即使一直無解，到最後不也就解決了。你越是風風火火跟命運對著幹，命運就越是起伏落差大，這道理友竹不懂。

明天就是中秋了。友蘭下了車，站在鐵門前，拎著一盒月餅，沒有馬上揿鈴。月餅是香港榮華的蛋黃白蓮蓉，黃金色的鐵盒，盒蓋是藍天一輪明月，並開兩朵豔麗的紅牡丹。

過去妹妹友竹總是拎著大包小包，精心準備了媽媽喜歡的吃食，什麼話梅、蟹殼黃、核桃酥、削好的蘋果和梨，媽媽喜歡什麼，她心裡明明白白一本帳。根本不必要的，療養院裡包吃包住，何況那個什麼話梅，看護也說了，老人家容易噎到，危險。後來話梅不帶了，改帶咖哩酥。咖哩酥也不那麼合適，一咬一身屑。友竹不管，還是照常張羅了各種媽媽可能愛吃的食物，每次變著花頭，像一個殷勤的情人，其實媽媽哪曉得這些，連來的人是誰都不認得了。這些食物帶去，有時媽媽並不馬上吃，或只嘗了一點，臨走時就交給看護。那個看護，小黃還是小王，安徽還是江蘇的，接過時笑得合不攏嘴，這些點心最後會進到誰的肚裡很難講。無用功呀，她常在心裡嘀咕，但不敢說出來。她一直有點忌憚這個妹妹。

從小，妹妹友竹樣樣比她強，學習好，當幹部，還比她高三公分。別小看這三公分，從小學六年級，她就一直多了這三公分，兩個人走出去，別人都以為友竹是姊姊，何況她又能說善道，得理不饒人。友蘭本來也不想當姊姊，當姊姊要禮讓妹妹，做妹妹的榜樣，而這個倔強的妹妹早就騎到她頭上。她唯一勝過妹妹的，就是得了媽媽的瓜子臉，一雙長而如燕尾向上飛的鳳眼，薄唇輪廓分明，左邊嘴角上一個淺淺的梨渦，笑起來頗有幾分嫵媚。美中不足的是眉毛疏淡，不描畫就幾乎沒有，神情顯得淡漠，一種還沒開張或即將打烊的模樣。友竹像爸爸，方臉高顴骨，濃眉大眼，皮膚黑，不怒自威。男生喜歡招惹友蘭，拿她的鉛筆，從後面一把扯掉她的髮帶，她只會哭，總是妹妹替她討回公道。長大了，那些欺負她的男孩倒過來追求她，寫詩傳話，在門口站崗或堵在半路上。她很早就結婚了，一直沒生育。過了幾年開小學同學會，跟那個最愛欺負她的同桌小赤佬好上，還懷上了，老公氣不過也在外頭玩，但是該辦的手續都沒辦。友竹看不過去，出面硬是押著姊姊、姊夫簽了字，又自作主張讓她跟男朋友去領證，趕在女兒落地前名正言順。

友竹習慣替姊姊善後，她看姊姊的眼色常是怒眼圓睜，裡頭有不屑、不耐和不可置信：你就這麼搗漿糊下去？友蘭不懂妹妹擔心什麼，事情總是能解決的，不是這麼解決，就是那麼解決，即使一直無解，到最後不也就解決了。你越是風風火火跟命運對著幹，命運就越是起伏落差大，這道理友竹不懂。

療養院有兩道門。人走的鐵門森嚴，一條條只容伸出細手臂的間縫，二十四小時鐵將軍看守，防止院裡的住戶不小心遊蕩出去。車走的是自動鐵門。這裡收的多是重症病患不良於行，有的失去自主能力，失憶或癡呆，既然住進了這裡，也只有救護車才能送他們出去。親友可以來探看，但鮮少有帶病人出院的。當初就是沒法照看才送來的，何況病人們走不動吃不了，萬事不關心，外頭的花花世界早跟他們無干。

媽媽住在這也有三、四年了吧，一年總有那麼幾次，逢年過節，她不得不上這兒來探望，不來的話交代不過去。說白了，就是沒法跟友竹交代。除了友竹，這世上再沒有人會在意。爸爸走後兩年，媽媽確診為老年失智，這時女兒小敏正緊鑼密鼓準備高考，家裡氣氛比較緊張。友竹還是單身，有沒有對象不知道，四十歲的末婚上海女人，在婚姻市場上竟比離了婚的還不吃香。理所當然，友竹把媽媽接去一起住了，這麼一安排，在婚姻市場上就更掉價了。這樣過了三年，各忙各的，直到媽媽第一次走失。友竹慌得打電話給她，她向來不跟姊姊求救的，友蘭哪有方向，上海這麼大，誰知道媽媽走去哪裡了，也許一會兒就回來了。她這麼一說，友竹就炸開鍋了，說媽媽已經認不得路，哪能自己回家？說她把媽媽丟給她，不聞不問，她已經好累好累……友蘭無法爭辯，把那炸開沸騰的電話拿遠一點，再遠一點，只聽得含含糊糊、時大時小、時快時慢的語聲，篤篤篤篤，至於控訴的內容，她並不想知道。

媽媽找回來了，謝天謝地。後來類似的緊急事件又發生了幾次，請的看護不給力，友竹幾乎沒法上班。誰受得了一個老女人跟前跟後，千百次叨念著誰偷了她的錢？剛吃過一轉身又鬧著一天沒吃飯，抹得看護一身的鼻涕淚水，有時是屎尿。癡笑時沒心沒肺，扯開嗓子罵山門時鄰居都要報警了。小女孩般無知，卻不那麼無邪。等到媽媽完全不認得女兒，友竹便開始找療養院。上海市遠遠近近看了好幾家，考慮公共設施和病房、護理人員素質、膳食調理、探視規定和交通便利等等，當然還有費用。

要把媽媽送到療養院的事，友竹第一次表現出猶豫，幾次打電話來商量，但友蘭沒意見可給，療養院是那麼遙遠且令人厭惡的名詞。當妹妹焦慮地比較著這家和那家的利弊時，她聽著聽著就走神了，回過神來時只是說，你看著辦吧，但是你曉得的哦，我沒錢。她的工資本來就不高，因為做事態度不積極，從姑娘做到人稱大姐，只混了個小主管，積極等退休。老公賺得多一點，但要付房貸，還要留給小敏辦嫁妝。妹妹一人吃飽全家不愁，手頭自然寬裕許多，媽媽既然住在她那裡，她怎麼樣也得想出個法子來。友竹果然是個有主張的，斷然把媽媽的房子賣了，到手的錢分作三份，姊妹各拿一份，另一份用作媽媽的療養院費。這一來，解決了媽媽的問題，姊妹手頭也多了一筆現款，友蘭覺得這方法不要太靈噢。至於療養院她是不看的，妹妹決定的總不會錯，何況這些地方讓人沮喪，想到有朝一日老去的景況，能不忌諱嗎？

友竹選定的這家療養院，說是跟什麼國外醫療研究機構合作試辦，對照顧失智病患特別有經驗，不像別的地方把失智患者和其他行動不便的患者全關在一起，應該是媽媽可以安妥走完最後一程的地方。友竹這麼說，這事也就定了，擇日便一起把媽媽搬過來。

鐵門向右滑開，出租車開進療養院的前庭，灰白水泥地，一條窄窄的花圃作點綴，開著金橙紫紅的萬壽菊，前頭就是患者住的大樓，共有五層，底層是交誼廳和餐廳，還有辦公室和接待室。上下各層的電梯都要輸密碼，五樓是有自主行動能力但失智的病患區，從病房到公共區域間設了防盜門，要從外頭開啟，只有工作人員和家屬能出入。媽媽住的就是五樓。二樓是不良於行坐輪椅的人，三和四樓是需要照料，但還有自主能力的老人。

九月中，藍天上有棉絮般扯散的雲，三四樓靠東邊的陽台欄杆上站滿了人，那些灰白短髮、早早穿上棉衣的老人，個子都不高，也許是佝僂著身軀，也許是人老骨架縮了，一個挨著一個手抓著欄杆往這裡看。他們死盯著這個無事早晨開進來的這輛白色出租車，這個早晨第一件值得關注的事。車上慌慌張張下來兩個女人，一個拿行李，一個扶著一名跟他們一樣的老人。拿行李的那個一抬頭，臉上一驚，旋即轉開眼去，嘴裡咕噥一聲：要死了，全是女的，女人真是太長壽了。扶老人的那個也抬頭，臉上也是一驚，死盯住他們，眼光來來去去，好像在認親人。老人早就習慣了陌生訪客的眼光，他們逡巡的眼光想在老人身上找到答案：這裡好不好？習慣嗎？開心嗎？想家嗎？恨嗎？

那裡是通往外界唯一的窗口，每日除了在房間和大樓的公共區域活動，陽台是唯一能看到外界的地方，可以看天，長年灰白色的天際線，如果遇上藍天白雲，那真像中了頭獎。可以望遠，這裡是郊區，幾棟灰色大樓，高低略有變化，姿色十分平常的一家姊妹，不像城中區那裡一棟高過一棟的摩天大樓，美女如雲爭奇鬥豔，雄偉的老建築有歷史，新建的大樓逞新奇，不是注射針筒似地高插入雲，就是開瓶器似的樓頂，有傾斜如醉酒的，也有聯排如褲衩。這些建築物和各種城市雕塑，一入夜便活過來閃著各種耀眼燈火，讓夜空無法黑得徹底。

俗世熱鬧都在那邊，療養院這邊看過去，最醒目的便是那棟白色大樓，是離這裡最近的醫院，病友們有時也得去那裡，總有那麼一天，去了就不再回來。建築物靜默矗立，老人們還是更喜歡看活動的街景，街景裡才有故事，而他們彼此的故事，精彩部分已演過，結局也都知道了。幸而這裡可以看到外面的人和車，他們就那樣一字排開，占著自己的位置，像在劇院裡耐心等著好戲上場，有一整個白天可以等。出租車開走了，友竹還凝望著陽台上的老人，良久才收回視線，自言自語說：不知道他們在想什麼。

所有手續都是友竹去辦的，簽合同，交費用，主任解說著什麼，護理人員介紹著什麼，話語滔滔流過，她只是跟著友竹，手裡提著媽媽的一件行李，有點訝異竟然是這麼小的一件。想必是只帶了這一季的衣物吧，換季或有什麼需要，友竹自然可以捎過來。主任姓佘，看上去五十多，戴頂鴨舌帽，估計頭髮禿了。他講起話來聲音出乎意料的微弱，說是氣管炎兩個多星期了，友竹關心地問候，大概為了媽媽的事，兩人打過幾次交道。這家療養院床位很緊張，友蘭記起妹妹提過送紅包的事，後來到底有沒有送，她卻不甚了了。但至少現在兩方表現出一種熟人的親暱，一切順利進行。

余主任一路走，一路點名走廊上遇見的老人：邱阿婆、王阿婆、林奶奶，有的扶著助步器慢慢踱步，嘴巴內縮假牙滿出，一路嘶著嘴；有的就坐在房門口發呆，眼睛半睜半閉，鼻水和口涎流下來。余主任招呼著他們，老人從白日夢狀態裡突然被喚醒，一時還來不及有反應，一行人早就走過去了。偶爾一間關著的門突然打開了，一個看護匆匆走出來，看到余主任愣了一下，堆起笑，余主任便推開門探一眼，裡頭傳出來的有時是一股惡臭，有時是一陣哀嚎。

到了，就是這間。房門是開著的，人來人往，反正司空見慣。友蘭聞到不知是尿臊還是飯菜的怪味。這房間裡的病人是不到樓下用餐的，食物全由看護送上來。房間裡有一間浴室和廁所，五張床，看護跟她們睡。最裡靠牆床上臥著人，一動不動，鄰床上坐著一個老婆婆，頭也不抬，拿著一包餅，咂巴咂巴吃得津津有味，最中央是看護的床位，緊挨著的一張空床收拾乾淨了，應該就是媽媽的床。靠窗還有張床，床尾擺張輪椅，上頭坐著一個女人，看起來挺年輕，四十上下吧，皮膚白皙，容顏端麗，頭髮跟其他病人一樣剪得很短，看護正一口一口餵她飯，她機械性地咀嚼，大眼睛裡不是呆滯，是冷漠。

這個是周小姐，漂亮吧？她媽媽原來也住這裡，上個月走了，周小姐幾年前車禍，癱瘓了，家裡沒人，就把她跟她媽媽放在一個房。她應該是住二樓的，二樓現在沒空床，有了床就要移下去。余主任一口氣說完周小姐的餘生安排，周小姐眼睛眨也不眨。身體癱瘓，腦子應該是清楚的，媽媽走了，自己殘了，困在這個人人半死的地方等死，還被公然地談論，沒有一點隱私、一點人的尊嚴。友蘭早就調轉眼光，把行李在手上換來換去，友竹則顯得手足無措，彷彿周小姐坐在輪椅裡她也有責任，同在一個空間裡，對照著彼此的福禍，卻幫不上忙。

媽媽終於在她的床位上安頓下來了，衣服放在屬於她的櫃子裡，靠床的小桌上擺了全家福，爸媽和一雙女兒。阿婆，照片裡是誰啊？看護笑著問，媽媽乖巧地答：我不知道，沒有人告訴我。友竹剛想說什麼，看護笑容一收，快步上前一把奪走左邊阿婆的餅乾袋：黃阿婆，你怎麼把包裝紙都吃掉了？

終於，她們要走了，友竹搓搓媽媽的手背，摸摸媽媽的臉頰，哽咽依依說著再見，媽媽只是呆呆看著她。友竹轉過身對看護再三拜託：請好好照顧我媽，請好好地，耐心地……吃好飯的周小姐，仰頭閉目在輪椅裡養神，對外界一切動靜充耳不聞。

那一天的事，友蘭沒跟老公或小敏提起，只說外婆搬到療養院了，滿好。她什麼都不去想，趕緊撲回原來的生活裡，蜷縮在自己的洞穴，讓習慣帶著她一天天過下去，該吃就吃，該睡就睡，再沒有想起那一天。逢年過節她礙著友竹，勉強自己走個過場，心不在焉行禮如儀。但現在，當她不得不獨自回到這裡，站在鐵門前，那天的情景一幕幕閃現，彷彿過去它只是被捲起來收到櫃子裡，此刻一展幅，所有的細節栩栩如生歷歷在目。那個坐輪椅周小姐的眼神，此刻想來，不是冷漠，是絕望。她不禁抬頭去看那陽台，十月了，天冷風大，陽台上一個人也沒有。

余主任正在會客室裡講手機，一看她進來就把手機掛了，笑咪咪起身迎接，友蘭不由自主就把手裡拎的月餅遞過去，心裡直怪自己糊塗，怎麼沒想到給余主任帶一盒，人家可是幫了大忙的。

「喔唷，還帶啥月餅，謝謝、謝謝！」

榮華月餅也算高檔，同枝爭豔的兩朵紅牡丹啊！余主任看來挺高興，友蘭心安了，也就微笑地在沙發上坐下。

余主任清清嗓子，把剛才的笑顏收斂了，正色說起正事。「去看過了嗎？」

「還沒，待會去。我想先過來，謝謝余主任。」

「謝什麼呢，你媽媽在我們這裡這麼多年了，你姊姊也都是老朋友了，她三天兩頭來，有時我們也要聊聊的。」余主任沉默了幾秒鐘，「唉，誰想得到！」

友蘭當妹妹也習慣了，尤其年紀一過四十，作小賣乖更是理所當然，她沒去更正。「想不到的，誰想得到？」接了這句後就無以為繼。向來拙於口舌，需要講話時，自然有像友竹這樣的人出頭。她的沉默，余主任理解是傷感和痛苦。家屬這種情感，他很熟悉，也懂得排解。他相信只要說出來，多說幾次，再怎麼可怖的事，也就見了陽光，不那麼駭人了。於是他從母親節的前一天開始，這些他都跟友蘭說過，這已經是第三次了。他覺得至少要跟友蘭好好地說上三遍，才能讓這事情不那麼奇特，才能安心歸入療養院的檔案。

母親節前一天，余主任接到友竹打來的電話，說母親節想把媽媽接出去玩一天。「當時我想，失智的病人，尤其像你媽媽都這麼嚴重了，出去有什麼玩頭？但是你姊姊那麼孝順，看得出她對送你媽媽來這裡住，心裡是放不下的，可能母親節想要特別孝順一下。這我們沒有理由不同意的，對吧？」

友蘭忙點頭。她知道余主任怕家屬責怪，但她是不會去責怪的，這是友竹的決定。

「母親節那天早上十點不到，你姊姊就來了，挺高興的，跟大家打招呼，從包裡拿出一套新衣裳給媽媽換上，還替她梳好頭髮……」那天媽媽精神不錯，聽說要帶她出去玩，她說不玩，要回家。友竹當時就應了，是回家。走前，友竹特別跟小黃道了謝，給了她一袋子東西，裡頭有一包進口糖，幾雙新襪子，一個小錢包。小黃問什麼時候送阿婆回來，來得及吃晚飯嗎？友竹說看情形吧，擺手說再見。

「下午五點多，警察局電話來了。你媽媽手上戴了環，上頭有她的身分編號，一查就查到我們這裡了。」

友蘭點頭不語。他們在崇明島西沙附近發現友竹和媽媽。崇明島多少年沒去了。姨媽住在崇明島，小時候放暑假時，媽媽總帶著她們姊妹倆，坐車乘船，去姨媽家玩上十天半個月。姨媽自己種菜，養了雞，廁所在外頭，她看過糞上的肥白蛆蛆。她記得西沙濕地，海邊一大片沙地，長滿了蘆葦水草，潮漲潮退，有很多螃蜞躲在沙洞裡，沙地被牠們挖得千瘡百孔。友竹跟著表弟一起釣螃蜞，把姨媽準備的蚯蚓掛在竿頭上，垂在洞口耐心守候，額頭汗津津，鞋襪和小腿肚上都是泥。她記得自己戴著頂草帽，乾乾淨淨，倚著媽媽啃青白色的甜蘆粟，紅紅的太陽在蘆葦盡頭大海的那邊。

在西沙濕地的童年，連張照片也沒有留下，姨媽一家後來去了香港，表弟幾年前來過上海，友竹請客，找了家小巷弄裡本幫菜館，門臉小，檯子寥寥幾張，她覺得有點坍台，表弟是見過世面的。友竹圓眼一睜教訓她，你懂啥，西餐大菜他都吃過，就是吃不到正宗的上海菜，別看這店小，沒有提早兩天預訂是吃不到的，而且一個半小時就翻檯。見面時聊起往事，表弟說友蘭現在看起來溫柔多了，小時候可是很凶的。她們都笑表弟記錯了，誰不知道友竹才是母老虎。表弟卻言之鑿鑿說有一次友竹釣上了一隻赭紅色的大螃蜞，個頭有一般的三倍大，將軍似地舞著大螯特別神氣，友竹得意洋洋，裝在小瓶裡到處獻寶，友蘭趁妹妹不注意，倒出螃蜞，一腳踩扁了。友竹朝姊姊撲過去，兩人扯頭髮吐口水撕衣服，姨媽好容易才拉開來，友竹臉上一條指甲劃破的血痕，好嚇人。姊妹倆聽得面面相覷。

半晌，友蘭笑，「聽他瞎講八講。」

「我只記得釣螃蜞，還有，我迷路了。」友竹說。

友蘭也記得。友竹那時大概六、七歲，她記得大人們突然叫起來，喊著友竹的名字，媽媽緊緊抓住她雙手，像螃蜞夾住肉，質問她妹妹去哪裡了？大人們這裡那裡找著喊著，有人往出口處去，有人往灘邊去，遊客如潮水般湧上又後退，只要身邊有小女孩身影的，他們都要仔細多看幾眼。她突然害怕起來，妹妹不見了，她一個人怎麼辦，她能取代友竹嗎？她能又是姊姊又是妹妹嗎？媽媽急得抬頭紋數條，鼻翼一聳一聳，一疊聲地問：真的沒有看到妹妹去哪裡了？她沒有告訴你？友蘭開始哭起來，淚眼模糊，世界在淚花裡顫動，比人高的蘆葦被風吹得往一邊倒去，一波小浪遠遠自起自落，一個小女孩的哭聲被送了過來。媽媽飛奔過去，沙沙橫掃開路，從蘆葦叢裡抱出了友竹。友竹一被抱起，立刻就不哭了，沾著泥巴的髒臉蛋兒閃著劫後餘生的光輝，手裡揮動著一截枯枝有如寶劍，挫敗已經變成勝利，只有她還覺得委屈，覺得害怕，繼續抹著淚哭個不停。

友竹為什麼把媽媽帶到崇明島去呢？隧道修好後，去崇明島不用再乘船了，高速公路一路直達，但是上海人得空喜歡往北往南到處玩，北京青島，廈門三亞，更流行的是出境遊，近的東南亞、日本、韓國，遠的美國、歐洲，去南半球的也很多，誰還去崇明島呢？除了懷舊的人。

年輕、健康美麗的媽媽，帶著一對姊妹花，去找最親的妹妹一家避暑，田野海濱，遠離塵囂，那想必是一段幸福的時光。沒聽友竹談起崇明島，從不知她懷念那裡。又或許，她沒有其他的地方可去。那似乎是挺合適的一個地方，遠離塵囂，靠近海。生命從海洋來，不是嗎？海葬也曾是熱門的話題。

友蘭並不想知道事情是怎麼發生，也沒有問過細節。她只是接受警方的說法，看來是車子失控，是不是有人干擾駕駛呢？比方說，突然去抓方向盤、打司機，或做出讓司機分心的行為……在一個廢棄的農舍附近，車子衝下橋去，水不深，但車子壞損得很嚴重。媽媽當場就走了，友竹半身在水裡，乍看沒什麼外傷，背脊骨卻是撞斷了，也有腦震盪。不知是什麼時候出的事，一直到下午三點多才有人經過。也許友竹已經幾次痛昏了過去，也許她一直都是昏迷的。

友蘭沒多問，也不想談論。她到友竹的家裡去收拾善後，發現所有東西都理得井井有條，善後需要的檔案和證明，房產證和銀行卡，全都放在一個大紙袋裡，擺在餐桌上，還有一封給她的信。信上友竹跟她道別，說對媽媽有責任，不忍看媽媽失去尊嚴受盡折磨，決定帶媽媽一起走。

友竹就是個傻瓜，從小專會製造麻煩，友蘭恨恨想著，什麼責任，什麼義務，有必要嗎？難道不能順其自然？她風風火火拖著別人跑，卻從未想過別人只想安靜過日子。

「作孽，老作孽噢！」余主任搖頭歎氣。上海人說作孽是可憐的意思，但別的地方有別的意思，自作孽不可活，是這麼說的吧？她打斷余主任的喟嘆，「不好意思，還有件事要麻煩余主任，我很快要出國了，友竹，友竹就要請你們多關照了。費用方面……」

「哦，這樣啊，沒問題的，你費用預繳了五年，不是還留了一筆錢嗎，有什麼緊急事情，我們會照你的意思處理……」余主任什麼樣的家屬沒見過，雖然這個妹妹相較於姊姊冷淡許多，而且自從把姊姊送來後就再也沒出現，他還是帶著笑容起身送客，「你對姊姊也是盡心盡力了，這年頭，能這樣為家人出錢出力的不多了。我還有事，就不陪你過去了，先去前台做訪客登記，二樓，你曉得的。」

友蘭做好訪客登記，往電梯走去。帶給妹妹的月餅，轉手給了余主任，兩手空空很不踏實，只好抓緊自己的手提包。她幾乎可以聽到余主任會怎麼跟訪客介紹友竹：這個小姐可憐啊，以前她媽媽住在這裡，她常來探望，很孝順的，有一年母親節，把媽媽接出去玩，沒想到出了車禍，作孽噢……他會當著好強的友竹面前，幾句話交代友竹的不幸和她的餘生。把友竹安排在這裡度餘生，也許不是最好的選擇，但她能怎麼辦呢？一想起這些事，頭就一陣陣痛起來，還要不要過日子？幸好友竹現在連句話都說不清，不能再對她瞪眼睛了。

友蘭一到二樓，腳突然有點軟，心撲通撲通急跳。她給自己打氣，先熬過今朝，其他的，船到橋頭自然直。

姊姊，我們去裡頭玩躲貓貓。
媽媽會罵的。
不會的！
衣服會弄髒的。
不會的！
蘆葦這麼高，進去找不到路出來的。
來尋我呀，姊姊！
你這個傻瓜……

國家圖書館出版品預行編目資料

另一種生活 / 章緣著.
-- 初版. -- 臺北市：聯合文學，2018.4
240 面；14.8×21 公分. --（聯合文叢；624）

ISBN 978-986-323-253-7（平裝）

857.63 107004520

聯合文叢 624

另一種生活

作　　者／章　緣
發 行 人／張寶琴

總 編 輯／周昭翡
主　　編／蕭仁豪
資深編輯／尹蓓芳
資深美編／戴榮芝
業務部總經理／李文吉
行銷企畫／許家瑋
發行助理／簡聖峰
財 務 部／趙玉瑩　韋秀英
人事行政組／李懷瑩
版權管理／蕭仁豪

法律顧問／理律法律事務所
陳長文律師、蔣大中律師

出 版 者／聯合文學出版社股份有限公司
地　　址／(110)臺北市基隆路一段 178 號 10 樓
電　　話／(02)27666759 轉 5107
傳　　真／(02)27567914
郵撥帳號／ 17623526 聯合文學出版社股份有限公司
登 記 證／行政院新聞局局版臺業字第 6109 號
網　　址／http://unitas.udngroup.com.tw
E-mail:unitas@udngroup.com.tw

印 刷 廠／鴻霖印刷傳媒股份有限公司
總 經 銷／聯合發行股份有限公司
地　　址／(231)新北市新店區寶橋路235巷6弄6號2樓
電　　話／(02)29178022

版權所有・翻版必究

出版日期／ 2018年4月　初版
定　　價／ 320 元

Copyright © 2018 by Belinda Chang
Published by Unitas Publishing Co., Ltd.
All Rights Reserved
Printed in Taiwan

ISBN 978-986-323-253-7（平裝）
《本書如有缺頁、破損、裝幀錯誤、請寄回調換》